Soy paciente

COLECCIÓN NARRATIVAS ARGENTINAS

ANA MARÍA SHUA

Soy paciente

EDITORIAL SUDAMERICANA
BUENOS AIRES

Diseño de tapa: María L. de Chimondeguy / Isabel Rodrigué

PRIMERA EDICIÓN EN SUDAMERICANA

IMPRESO EN LA ARGENTINA

Queda hecho el depósito
que previene la ley 11.723.
© *1996 Editorial Sudamericana S.A.*
Humberto I° 531, Buenos Aires.

ISBN 950-07-1163-X

© Ana María Shua, 1980, 1996

Me gusta leer en el colectivo. Sentado es fácil. Parado es difícil pero no imposible. Las cosas se complican cuando la letra es chica y el colectivo va por una calle empedrada. Las palabras bailotean, se vuelven borrosas, y para distinguirlas se hace necesario un esfuerzo coordinado entre la vista y el resto del cuerpo. Se trata de endurecer los músculos del brazo para sostener el libro con firmeza —mientras el otro brazo dedica toda su tensión a mantenerse prendido de la agarradera— y, al mismo tiempo, aflojar ciertos músculos de las piernas —separadas y con las rodillas levemente flexionadas— para compensar por un efecto de suspensión el traqueteo del vehículo. El resultado es como éste: ahora, acostado y todo, me resulta muy difícil concentrarme en lo que leo. Claro que en este caso lo que bailotea y se vuelve borroso no son las letras sino el significado. Debe ser el efecto de los sedantes. El calor no ayuda. Si estuviese en mi casa ya me hubiera sacado el piyama: aquí no me siento en confianza.

Entretanto, en un pueblo de la Florida, Bond acaba de descubrir el cuerpo de su amigo Leiter convertido en una masa sanguinolenta mal envuelta en vendas sucias. Tengo la sospecha de que en esto intervino un tiburón. El pobre Leiter tiene sobre mí una sola ventaja: él ya tiene diagnóstico y yo todavía en veremos. Cuando lo internen, ¿quién lo irá a visitar?

Ojalá viniese más gente a visitarme a mí. Hablar me resulta más fácil que leer y si tengo ganas de quedarme callado siempre puedo pedir que me cuenten alguna anécdota del exterior. Estando aquí, no tengo ganas ni de mirar los diarios.

Las sábanas son mías. Me las traje de casa para tener la seguridad de que estén limpias. Un defecto: son de polyester. Quién tuviera sábanas de hilo, tanto más frescas. Las de polyester son una porquería: las pelotitas que se forman en la tela dan la sensación de que la cama estuviese llena de migas. Y migas seguro que no son porque para eso me cuido muy bien de comer las galletitas de agua sobre un plato.

La almohada también es mía. Tener algunos objetos conocidos ayuda a domesticar a los demás. Si estuviera completamente solo en esta pieza, sin mis sábanas floreadas, sin mi buena almohada de siempre (que en casa me parecía tan dura y hablaba de cambiarla), los pocos muebles de metal despintado me resultarían todavía más amenazadores.

Esta cama, por ejemplo, no me inspira ninguna confianza. Siento que apenas acepta mi peso, como un caballo recién domado acepta el peso de un jinete desconocido. Es lo bastante alta como para lastimarme si se le ocurre tirarme en mitad de la noche. Para ponerse a la par, a la mesita de luz le crecieron muchísimo las patas.

Si tuviera que quedarme un tiempo largo pediría que me trajeran posters para adornar las paredes. Verlas así, tan blancas (o, mejor dicho, tan gris sucio), me deprime. Como me pienso ir lo más pronto posible, es mejor que no me traigan nada.

A media tarde una señora entra en mi habitación sin golpear. Un pañuelo amarillo con pretensiones de elegancia le cubre la cabeza, según la técnica que usan las mujeres cuando no tuvieron tiempo de lavarse el pelo. Usa una pollera escocesa, tableada, que le da un aire vagamente infantil. Hasta que se saca los anteojos su edad es indefinible. Después, las arrugas alrededor de los ojos cantan la verdad.

Cuando me ve, la señora se queda repentinamente inmóvil, como si la hubiesen convertido en estatua de sal. Palidece, está desconcertada, por milagro no se le cae de la mano una bolsa de red llena de duraznos gordos, aterciopelados. Mecánicamente me paso la mano por la cara, como si pudiera encontrar allí el motivo de esa mirada que se me agarra a la piel y me lastima. Al tacto, salvo las mejillas mal afeitadas, todo parece estar en orden.

—¡Está muerto! —dice la señora.

En su horror, se olvida de su cuerpo. Los dedos de su mano derecha, abandonados, se aflojan. La bolsa cae al suelo y los duraznos ruedan por todos lados, gordos, aterciopelados, incontenibles. A pesar de todo sus palabras me tranquilizan porque comprendo que no se refiere a mí sino al anterior ocupante de la pieza (el mismo director del hospital).

—No, señora —le explico—. Ya está mucho mejor y lo mandaron a la casa.

Ella se calma. Poco a poco va recobrando el control de su cuerpo. Secas las avanzadas, el resto de las lágrimas desconcentran sus fuerzas. Apenas se siente mejor, la señora me pide disculpas. Después recuerda los duraznos y los busca uno por uno para ponerlos otra vez en la bolsa. Parece conocer su número exacto porque no descansa hasta haber encontrado el último rezagado.

Me mira ahora de otra manera, como preguntándose si yo soy una persona digna de compartir tanta alegría. Lo que ve no parece convencerla totalmente. ¿Por qué no me habré afeitado esta mañana? Y, sin embargo, su felicidad la desborda; amablemente me convida con un durazno. Como le explico que la cáscara me hace mal, busca un cuchillo y se pone a pelarlo sobre la mesita de luz.

—Por favor, señora, sobre un plato —le ruego.

Pero ella está tan conmovida que no me escucha. Pela con obstinación, como si encontrase un inmenso placer en su tarea, desparramando la cáscara de durazno sobre mis libros y dejando caer al piso algunas gotas de jugo. Si fuese considerada y un poco más prolija, me cortaría el durazno sobre un plato y me lo alcanzaría con un tenedor: para eso traje mi propia vajilla. Como no es prolija ni considerada me lo entrega en la mano, desnudo, jugoso y entero. Al morderlo, el jugo me corre por la barbilla y el cuello. Me hace sentir sucio y pegajoso pero no me atrevo a rechazarlo.

—Usted no se imagina qué alivio saber que está bien —dice la señora—. Una persona magnífica, el señor director. A mi hijo, propiamente lo hizo nacer de nuevo.

—¿Qué tenía su hijo? —le pregunto, por cortesía.

—Tenía que hacer la conscripción en el sur, imaginesé, un muchacho acostumbrado a todo lo mejor, perdido en esas soledades. Gracias a Dios y al señor director que le pusieron inapto.

—Yo no lo llegué a conocer —le aclaro, para evitar nuevas confusiones.

—No sabe lo que se perdió. Un hombre así, cada mil años. Pero claro, hay que tener un poco de sensibilidad humana para darse cuenta.

—Viene mucha gente a verlo —le digo yo, sintiéndome demasiado débil como para responder debidamente al tono sin duda agresivo de su última frase.

—¡Por supuesto que viene gente a verlo! ¿Qué pretende? ¿Que vengan a verlo a usted, que ni siquiera sabe comer un durazno sin ensuciarse todo?

—Señora, ¿con qué derecho me habla en ese tono? —protesto yo, un poco molesto por recibir un trato tan injusto.

—Y usted, ¿con qué derecho está aquí en esta habitación? ¿Quién le dio permiso para venir a ocupar su lugar? ¡Impostor! A mí no me engaña.

Mientras habla, la señora se enardece. Se le pone la cara colorada y me salpica con saliva. En la mano derecha empuña el cuchillo que usó para pelar el durazno. Aunque tiene poco filo, igual me resulta antipático.

Por suerte, como ya es la hora del té, viene una mucama a buscar el plato en el que traerá, como todas las tardes, cuatro galletitas de agua y una cucharada de jalea de membrillo.

—Pero, ¿qué clase de visitas tiene usted? ¿No sabe que está prohibido gritar? ¿Dónde se cree que está, en la cancha de fútbol? —grita ferozmente la mucama.

Yo no voy a negar que en una cancha de fútbol se grita fuerte, pero también hay momentos de mucho silencio. Me parece que la mucama está más enojada de lo que corresponde. Lo bueno es que entre promesas y empujones logra hacer salir a la señora. Ya está en el pasillo y sin embargo me llegan todavía ráfagas de su voz vociferando alabanzas para el director del hospital.

Me pregunto dónde estarán los médicos en esta institución. Yo todavía no vi a ninguno. Lo peor es que ninguno me vio a mí, que soy el enfermo. Al principio pensaba exigir que me atendieran únicamente profesionales diplomados y, si fuera posible, con mucha experiencia. Ahora me conformaría con practicantes. Podría preguntarle a la enfermera jefe, pero le tengo un poco de miedo: es seria y nerviosa. Si hasta mañana no tengo novedades, le pido a la Pochi que hable por mí.

La única medicación que recibí hasta ahora consiste en sedantes por vía oral. Son unas cápsulas de color rojo y amarillo que a veces se me quedan atragantadas, raspándome la faringe. De a ratos me repite un gusto amargo que me imagino anaranjado. No me tomaron muestras de sangre para analizar, no me pidieron que orine en ningún frasco, no me sacaron ni una sola radiografía. Cuando lo vea al doctor Tracer, voy a tener muchos motivos de queja. Para no olvidármelos, los voy anotando en una libretita con tapas de hule. Primero escribo las quejas en el orden en que surgen, del lado del revés. Al final del día, antes de dormirme, las numero de acuerdo a su importancia y las anoto con más prolijidad del otro lado.

Hasta el momento aquí no ha pasado nada que justifique mi internación: podría estar en mi casa lo más campante. No es el caso de Félix Leiter. En cuestión de segundos, Bond ha logrado que una ambulancia lo lleve al hospital: aquí no hubiera tardado menos de una hora. Un médico lo atiende en el acto. Según él, Leiter tiene el 50% de probabilidades de sobrevivir. Pero yo creo que se va a salvar: en parte porque es muy amigo de James Bond, en parte porque creo haber leído otra novela en la que trabaja con un brazo artificial, y sobre todo porque en Estados Unidos todo se hace con más eficiencia. Claro, también los sueldos son otra cosa. Los médicos, allí, ganan lo que quieren.

Estoy en un primer piso y mi ventana da a un patio interior. Cuando empieza a oscurecer, todo se vuelve azul. A esa hora llega a mi pieza una monja viejita, con la cara redonda como una manzana que de lejos parece lisa y colorada. Vista de cerca tiene muchas arrugas finitas que se hacen más profundas cuando sonríe. Su expresión es muy dulce, pero habla con un acento extranjero tan cerrado que apenas se le entiende. Su idioma natal debe ser centroeuropeo: se tiene la sensación de que su lengua, demasiado civilizada, se negara a doblegarse ante la barbarie de nuestro idioma. Debe ser por eso (porque le faltan palabras) que sonríe tanto.

—¿Miedo usted tiene? —me pregunta.

—Sí, tengo miedo, hermana.

Yo no comparto su religión y ni siquiera soy creyente, pero necesito desesperadamente ayuda y compasión: sus palabras dan en la clave de mi angustia. Me siento enfermo, olvidado, y esa cara tan

13

comprensiva me hace pensar en mi abuela, que escondía caramelos en el fondo del ropero y se murió hace muchos años.

—No tenerr miedo. Hombrre joven como ústed, en operración irrá bien, mucho bien. Es una operración sencillo.

En lugar de asumir sus dificultades para pronunciar la ere, la hermana prefiere complicarlas en una erre duplicada y violenta.

—Pero a mí no me tienen que operar —explico—. Me internaron solamente para hacerme algunos estudios. Todavía no saben lo que tengo.

Ella mueve compasivamente la cabeza y sus ojos dicen que no me cree. Porque soy hombre y he sido parido por mujer, no me iré de este mundo sin ser operado, parecen afirmar con decisión. Como tarde o temprano me veré obligado a aceptar mi destino, ella está dispuesta por el momento, ya que mi tranquilidad espiritual lo exige, a seguirme la corriente.

Hasta en lo cabeza dura se parece a mi abuelita. Sin volver a mencionar la operación se refiere a ella como un suceso futuro que hubiéramos convenido en no nombrar. Como no tengo ganas de discutir y, de todos modos, su cara ya no me parece tan dulce, doy por terminada la conversación diciéndole que tengo mucho sueño.

Se va sin ofrecer resistencia. Aunque intenta probar con su actitud atenta que dispone de todo el tiempo del mundo para dedicármelo, me doy cuenta de que está apurada. Tendrá que visitar todavía a muchos futuros operados que son, al parecer, su especialidad. Antes de irse me desea buenas noches y me encomienda a Dios.

Esta noche voy a estar solo, pero mañana mi prima Pochi me prometió quedarse a dormir en la cama de al lado. Se lo agradecí de corazón: de todos los castigos que conozco, el de la soledad es el más largo.

Yo no quería internarme. Nadie quiere. Hay sanatorios que parecen hoteles de lujo, con piezas amplias, cortinas de colores y camas lindas y cómodas en las que sin embargo no hay quien duerma por propia voluntad. De todos modos yo no tenía dinero como para pagar uno de esos sanatorios y el hospital me parecía un castigo digno de un tango triste. "Prejuicios tuyos", me decía la Pochi, que estaba un poco cansada de venirse hasta mi casa a prepararme la comida. Pero como veía que el tema me ponía de mal humor, seguía pisándome las papas para el puré y no insistía.

En mi departamento tenía teléfono y de vez en cuando pasaba algún conocido a visitarme: el hospital, en cambio, quedaba completamente a trasmano. Lo único que me hacía dudar era verla a la Pochi molestarse tanto por mí, pero como tenía decidido curarme pronto, con cualquier excusa iba aplazando la internación.

Mientras me quedara en casa, podía mantener la ilusión de estar sano, o casi. Todos los días hacía algunos ejercicios gimnásticos para que el reposo no me debilitara. Mis compañeros de trabajo me llamaban para decirme vago, fiaca, vagoneta, y yo mismo dudaba de las razones que me hacían quedar todo el día en la cama leyendo, escuchando la radio, pensando. A veces me sentía un poco mejor y me levantaba para hacer algunas compras. El almacenero, que me conoce bien, me encontraba delgado y me preguntaba por mi salud. En el hospital, ¿a quién le iba a importar de mí?

Por otra parte una razón legal me retenía en el departamento. En unos meses vencería el contrato de alquiler y la dueña estaba interesada en recuperar su propiedad. Si el departamento no estaba ocupado, a Madame Verónica le iba a resultar mucho más fácil desalojarme. La idea de quedarme sin vivienda me asustaba y quería tomar todos los recaudos posibles.

Un día, sin embargo, amanecí tan débil que apenas podía levantarme de la cama. Esa mañana me fue imposible hacer mis ejercicios, incluso los más sencillos, y llegar hasta el consultorio del médico me costó un triunfo. Cuando el doctor Tracer me vio en esa situación, no me dejó opción:

—O se interna o...

Yo le tenía miedo al hospital, pero más miedo les tenía a los puntos suspensivos, así que me di por vencido y me entregué. Preparé un bolso con dos piyamas, ropa interior y algunos libros; puse también algo de vajilla, porque me habían dicho que en el hospital daban comida pero no platos. A la radio la metí y la saqué del bolso varias veces: por tan poco tiempo no quería correr el riesgo de que me la robaran. Con las sábanas y las almohadas hice un paquete aparte. Mi prima Pochi me llevó al hospital en su auto y me sentía tan descompuesto que durante la mitad del camino estuve respirando hondo para no vomitar sobre el tapizado nuevo.

Recién pintada, la fachada del hospital habría parecido imponente. Descuidada como estaba, parecía solamente pobre. Tenía unas escalinatas larguísimas y también rampas para las sillas de ruedas. Subimos por las escaleras y cuando llegamos arriba la Pochi estaba tan agitada como yo. Su rítmico jadeo me produjo una cierta satisfacción, porque lo consideré una prueba de mi buen estado. Decidí seguir disciplinadamente con mis ejercicios durante mi permanencia en el hospital.

Después de registrarme nos indicaron que fuéramos a la Sala de Hombres, donde había una cama disponible. Una enfermera bastante joven nos acompañó. En los chistes y en algunas películas las enfermeras son muy lindas. En los hospitales, no.

La Sala de Hombres era muy grande, con las paredes pintadas de un color pardo sufrido. Con tiza, con lápiz, raspando la pintura, habían escrito en la pared toda clase de tonterías. Había corazones, obscenidades, poemas, frases célebres, leyendas que indicaban la orientación política de sus autores, nombres con la fecha abajo. Como el techo era muy alto, las paredes no estaban garabateadas, en general, más que hasta la mitad. Sólo de tanto en tanto se destacaban los dibujos de algunos pacientes más atrevidos que habían trabajado, probablemente, parados sobre sus camas. Un gran órgano sexual masculino, pintado en colores, debía haber sido dibujado desde una escalera. Las camas estaban tan pegadas que apenas había lugar para pasar entre ellas. Por falta de espacio los internados guardaban sus pertenencias debajo de las camas; aquí y allá asomaba una olla, un bulto de ropa, una tabla de lavar.

Pero lo primero que me impresionó no fue lo que vi: mi nariz había reaccionado mucho antes que mis ojos. Había olor a remedio, a transpiración, a suciedad. Había olor a enfermedad y miseria. En un rincón, cuatro viejitos jugaban al truco. Un hombre de cara colorada, tan alto que no hubiera podido estar acostado con las piernas extendidas, tejía una carpetita al crochet. Muchos leían el diario. Contra la pared del fondo, en el mínimo espacio del pasillo, alguien había puesto una pava que hervía sobre un Primus.

La enfermera me señaló una de las camas que estaba vacía, con las sábanas y las frazadas hechas una pelota contra el respaldar de hierro. Mientras yo pensaba cómo me las iba a arreglar para llegar hasta allí, me fue presentando a los pacientes más antiguos, con los que parecía tener gran familiaridad.

De pronto, uno de los enfermos hizo una señal y todos (excepto los que jugaban al truco) se pusieron a cantar más o menos al mismo tiempo una especie de canción de bienvenida. Como tenían conciencia de las imperfecciones del coro y sabían que en una primera versión no me resultaría fácil distinguir las palabras, la repitieron dos o tres veces. La canción tenía música de murga. El coro era desafinado pero alegre y demostraba un alto grado de organización:

El que entra en esta sala
ya no se quiere ir,
quedate con nosotros
que te vas a divertir.

20

Catéter por aquí,
y plasma por allá
el que entra en esta sala
no sale nunca más.

Una banda no totalmente improvisada, en la que se destacaban los instrumentos de percusión, apoyaba al coro subrayando con entusiasmo el verso final. La mayoría golpeaba con cucharas los respaldos de hierro y un señor de bigote canoso tocaba el peine con verdadera habilidad. Durante la primera ronda, el grandote que tejía al crochet dejó su aguja y sus brazos y su cabeza desaparecieron por un momento debajo de la cama. Cuando la canción se repitió, ya estaba en condiciones de acompañarla con dos tapas de cacerola a modo de platillos. Los que no tenían instrumento se limitaban a palmear las manos siguiendo el ritmo.

—¿Vio qué lindo ambiente? Aquí se va a sentir como en su casa —me dijo la enfermera orgullosa, mirándolos con cariño.

Los enfermos habían terminado la canción y ahora se desternillaban de risa viéndome la cara de susto. Dos de los más antiguos se pusieron a discutir en voz baja. Por algunas palabras sueltas que alcancé a oír, pude inferir el motivo: se trataba de decidir a quién le tendría que hacer la cama el novato.

La enfermera alzó la mano pidiendo silencio y todos se callaron con una prontitud que me sorprendió. Ahora se podía escuchar el silbido de la pava hirviendo sobre el calentador. La muchacha sacó del bolsillo del delantal una bolsa de caramelos de fruta rellenos y la levantó lo más alto que pudo para que

21

todos la vieran. Su gesto tuvo inmediata repercusión. Los internados se pusieron a aplaudir y se escucharon algunos vivas. No todas las enfermeras debían ser tan apreciadas en la Sala de Hombres. Sospeché que el dibujo de su silueta, notablemente ensanchado en su parte posteroinferior, debía tener alguna relación con su popularidad.

Casi olvidándome, empezó a repartir los caramelos. Todos los pacientes extendían las manos para recibirlos o atajarlos, pero ella debía recordar con precisión el régimen de cada uno porque a algunos les daba su caramelo y a otros solamente les palmeaba la cabeza. Ese gesto de simpatía me hizo suponer que se trataba de proteger su salud y no de castigarlos. Como había tan poco espacio para moverse, para llegar hasta algunos pacientes tenía que saltar por encima de otros. Era evidente que estaba acostumbrada y lo hacía muy bien. Al hombre de tejido al crochet le dio dos, lo que me pareció justo en relación con su tamaño. Sin embargo, muchos protestaron. Al saltar sobre su cama, el señor del bigote canoso (el virtuoso del peine) le tiró un pellizco que ella supo esquivar con una agilidad que demostraba entrenamiento.

Uno de los viejos que jugaban al truco se dirigió a mí. Como estaba lejos, casi tenía que gritar para que lo oyera. Uno no esperaba que una voz tan fuerte pudiese salir de ese cuerpito flaco, del que colgaba el piyama sucio y arrugado como una bolsa de arpillera sobre un espantapájaros.

—No les haga caso —me gritó—. Siempre hacen un poco de espamento cuando llega uno nuevo, pero son buena gente. Además, la letra de la canción es una broma: hay muchos que se curan. ¿Sabe jugar al truco?

—¡Quiero retruco! —se apuró a contestar otro de los jugadores.

—Quiero valecuatro —dijo el espantapájaros, que era un viejito previsor y tenía el as de espadas.

Yo para el truco soy un tigre, pero no tenía ganas de contestarle y mucho menos de quedarme allí a jugar con ellos. De golpe me empecé a sentir mejor, tan animado que la idea de la internación se fue alejando de mí como una pesadilla de la que uno se va desprendiendo mientras termina de despertarse mojándose la cara en la piletita del baño. Mi malestar desapareció: chau dolores, debilidad y náuseas. Llegué a sentirme a tal punto sano que hasta pude hacerle un guiño al viejito truquero y atajar un caramelo que me tiró la enfermera de emboquillada desde el centro de la sala.

La Pochi creyó que estaba entrando en confianza y se puso chocha. Dejarme en el hospital la hubiera aliviado de una responsabilidad grande. Debe ser por eso que se enojó tanto cuando le pedí que me llevara otra vez a casa.

—Sos un vueltero —me dijo, de mal humor—. A vos nada te viene bien. ¿Qué esperabas que fuera el hospital, un palacio?

Palacios conozco dos: el de Justicia y el de Aguas Corrientes, y nunca se me hubiera ocurrido imaginarlos parecidos a un hospital.

—Yo aquí no me quedo ni ebrio ni dormido —le dije a la Pochi, en voz bajita para no ofender a nadie.

Pero alguien me debe haber escuchado porque nos empezaron a llover miguitas de pan y pelotitas de papel mientras el coro volvía a empezar la canción.

Mi departamento es muy chico, tiene poca luz y algunas cucarachas. En la cocina no hay ventilación: cada vez que pongo un bife en la plancha tengo que abrir la puerta que da al pasillo para que salga el humo. Está bastante descuidado y le falta pintura. Pero igual me parecía un palacio (otra que el de Aguas Corrientes) cuando volví del hospital.

Unos días después me arrastré como pude hasta el consultorio del doctor Tracer. Mis síntomas se habían agravado y ya no podía superarlos, ni siquiera usando los recursos que había aprendido hacía unos meses en el curso de Control Mental. Me relajaba, reducía las radiaciones de mi cerebro al estado Alfa, unía los dedos en la posición Psi, pero seguía sintiéndome muy mal. Ahora me arrepentía de no haber seguido con la segunda parte del curso, que era un poco más cara pero incluía técnicas de respiración yoga.

El doctor Tracer, que cree solamente en la medicina tradicional, me recibió como si nada, pero en las comisuras de los labios se podía distinguir esa sonrisita reprimida que en buen castellano quiere decir "¿Vio?, yo le dije". Yo me sentía un poco avergonzado por haberme fugado de esa manera del hospital, sin tomarme la molestia de avisarle, pero estaba dispuesto a defender mis razones. Traté de hacerle entender que no podía haberme quedado en esa sala, que internarme así era lo mismo que enterrarme. No me importó criticar la conducta de la enfermera y la indisciplina de los internados: siendo todavía uno de afuera, nadie hubiera podido acusarme de soplón.

El médico me entendió enseguida.

—Por supuesto —me dijo—. Usted tiene que estar solo. Además, ésas eran mis órdenes. No sé cómo pudieron cometer el error de llevarlo a la Sala General. Vuelva pasado mañana y le aseguro que va a estar muy cómodo. Le vamos a dar la mejor habitación: la que ocupaba hasta ahora el mismo director del hospital. Usted será un verdadero privilegiado.

—El director ese, ¿no se habrá...? —pregunté yo, desconfiado, pensando que la yeta se transmite también a través del aire y de los objetos.

—De ninguna manera —me interrumpió el doctor Tracer, cazándome al vuelo—. Mejoró mucho y mañana mismo vuelve a su casa.

Yo no estaba muy entusiasmado. Lo que tenía ahora contra el hospital no eran solamente los prejuicios de los que la Pochi me acusaba: había podido formar un juicio sólido a través de mi experiencia directa. Pensaba, por ejemplo, en lo que podía sucederme si alguno de los pacientes de la Sala de Hombres me reconocía y descubría que iba a tener una habitación privada.

Pero el doctor Tracer me tranquilizó asegurándome que la internación sería muy breve: apenas unos días, hasta que me hicieran algunos estudios que culminarían en el diagnóstico. Su voz pausada y sus cejas espesas inspiraban confianza. Aunque miró dos veces el reloj durante mi visita, no me sentí echado. El apretón de manos con que me despidió se lo deben haber enseñado en la Facultad de Medicina. Me fui muy contento de contar con un médico como el doctor Tracer, alto, de espaldas anchas, seguro y severo: alguien en quien apoyarse.

Sin embargo, de vuelta en casa y sin el doctor delante, mis temores volvieron, alegres y rozagantes, a jugar a las bochas dentro de mi cabeza, que me dolía bastante. Al hospital podía haber ido en taxi, pero preferí contar con alguien conocido que pudiera ayudarme a salir si cambiaba otra vez de idea. Para llamarla a la Pochi elegí (inútilmente) mi voz más dulce.

—Vos qué te creés —me dijo ella—. ¿Que voy a estar todo el tiempo a tu disposición para llevarlo y traerlo cuando al señor se le ocurra? ¿Quién te creés que sos, el maharajah de Kapurtala?

Pero después se arrepintió y me pidió disculpas, sobre todo cuando le conté la opinión del doctor Tracer sobre mi internación en la Sala Común. El maharajah de Kapurtala, ¿sabrá técnicas de respiración yoga?

A la Pochi la perdoné enseguida, aunque haciéndole notar cuánto me dolieron sus palabras. No es malo que se sienta un poco culpable, pensé, así se va a ocupar más de mí, que la necesito tanto. Con culpa y todo, en la nueva fecha de mi internación la Pochi aseguró estar ocupada. Agarré mi libretita de teléfonos para decidir a quién le pediría que me llevara: tenía que ser un amigo confiable y también motorizado. Miré todos los nombres y los números y al final pensé en Ricardo, que de tan amigo ni siquiera está anotado.

Últimamente estábamos un poco alejados y no me fue fácil llamarlo así, de sopetón, para pedirle un favor. Cuando escuché su voz del otro lado estuve a punto de cortar. Pero él respondió como un amigo. Al otro día estaba en casa a las nueve en punto de la mañana, alegre como siempre y muy orgulloso de su buena acción.

Le agradecí emocionado.

—Vamos, llorón —me dijo para animarme—. Si se te ve bárbaro. Vos, de lo que estás enfermo es de acá —y se tocó la cabeza—. Mirá lo que te pasó por perder el tiempo con médicos somatistas. Al final, vas a parar al hospital. A mí, en cambio, el psicoanálisis me cambió la vida. Me enseñó a defenderme.

Me sorprendió.

—¿Te estás analizando? —le pregunté.

—¿Quién, yo? ¡Ja! Yo si lo agarro a un psicólogo lo vuelvo loco. No, lo que pasa es que yo leo, me informo.

Cuando subimos al auto ya era un poco tarde, pero Ricardo no parecía apurado.

—Tengo que llevar el coche al taller para que le ajusten la luz de los platinos: sentí cómo pistonea —me dijo—. Es aquí nomás, a diez cuadras. Después nos podemos tomar un taxi hasta el hospital.

El coche, en efecto, avanzaba con dificultad. Si el motor estaba tan sucio como la cabina, eso no era sorprendente. Había paquetes de cigarrillos vacíos, colillas, hojas secas, papeles de caramelos, diarios, bolsitas de pan, un zoquete de nailon sucio de grasa y hasta un pedazo de medialuna vieja.

En el taller el mecánico estaba ocupado y tuvimos que esperarlo casi una hora.

—Lo más grande que hay, este tipo —me aseguró Ricardo—. Es capaz de agarrar cualquier albóndiga y prepararla para correr.

Después de revisar el auto escrupulosamente, el mecánico movió la cabeza con aire de duda. Él no creía que fuese un problema de platinos.

—Usted siempre el mismo —le dijo Ricardo—. Seguro que ahora me va a querer desarmar todo el motor y cobrarme un ojo de la cara.

Y se pusieron a discutir, en voz cada vez más alta.

Como el asunto iba para largo, le propuse a Ricardo tomarme un taxi yo solo.

—Pero sí, por favor, no te hagas ningún problema por mí, para arreglarme con este estafador me basto y sobro —me dijo—. Además, yo al hospital puedo ir en cualquier otro momento. Si necesitás algo, no dejés de llamarme.

El taxista, que era un buen hombre, me ayudó a subir las escaleras del hospital con el bolso y los paquetes. Solo no hubiera podido. La pieza que me tenían preparada estaba en el primer piso, doblando a la derecha, al fondo de un pasillo angosto comunicado con el principal por una puerta de vaivén. Pegada en la puerta, una calcomanía con el dibujo de una enfermera rubia poniéndose el dedo sobre la boca, pedía silencio. Por el peinado de la mujer deduje que la calcomanía debía tener como veinte años. Estaba amarillenta y en parte arrancada.

Mi habitación me pareció aceptable, extraordinaria si se la comparaba con la Sala General. Era bastante grande, con dos camas y baño privado. Lo de las dos camas no me lo esperaba y no me gustó: tener un compañero de pieza puede ser peor que tener muchos. Pero me aseguraron que la otra cama quedaría desocupada. La pieza sería para mí solo todo el tiempo que estuviera en el hospital: orden del doctor Tracer.

Siguiendo un consejo de la Pochi, que de la vida sabe, le di una buena propina a la jefa de enfermeras.

—Esto no era necesario —me dijo. Y se guardó la plata enseguida. Es una mujer fuerte, alta y malhumorada. Tengo la intuición de que en los próximos días voy a depender de ella más que de ninguna otra persona y pienso en distintas tácticas para ganarme su buena voluntad. A decirle piropos no me atrevo. Casi no tiene pechos, pero hasta ahora me trató muy bien.

Del lado de la ventana que no se abre (y que, por lo tanto, no se limpia) hay un nido de palomas que empiezan a arrullarse a las 6 de la mañana. No sé qué hacen aquí, tan lejos de Plaza de Mayo, que debe ser su patria de origen. Son una molestia pero también una compañía: a nada le tengo tanto miedo como a la soledad. Dudo un poco pero al final las anoto como motivo de queja en mi libretita.

Mi habitación está justo al lado del cuartito de la cocina, donde hay dos hornallas para que los parientes de los enfermos puedan hacerse café, mate y algunas comidas. También allí se producen ruidos molestos, no desde tan temprano como del lado de las palomas pero hasta mucho más tarde, en cambio. En el cuartito de la cocina la gente hace relaciones sociales. Comentan los progresos (o regresiones) de sus enfermos respectivos y les sacan el cuero a los médicos y las enfermeras.

Por el azul brillante del cielo deduzco que afuera debe ser una linda mañana. Adentro, nada es lindo. Si escucho la lluvia, me disuelvo de tristeza. Si el aire está tibio y entra un poco más de luz por la ventana, como ahora, pienso en una pileta profundamente celeste y el olor a cloro que mi nariz fantasea me trae la imagen de mujeres en bikini: tantas cosas prohibidas me dan ganas de llorar. Para las palomas es distinto; ellas hacen su vida. El hospital no se les vino encima: lo eligieron sin presiones. Están en su propio nido y pueden comer lo que se les ocurra. Yo, en su lugar, me la pasaría de farra. Me acostaría bien tarde y dormiría hasta el mediodía, con la cabeza debajo del ala para que no me moleste el sol. Ellas prefieren hacer vida de familia y me despiertan bien temprano con los ruidos del desayuno.

Despertarme temprano no es bueno: una razón más para que se me alargue el día. Meto la cabeza debajo de la almohada, aprieto los párpados y me hago el dormido. Pero al rato me tengo que levantar para ir al baño y todo está perdido. De ahí en adelante los minutos se estiran como una gomita: el tiempo se hace largo, largo, largo, hasta que de repente, clac, suelto la gomita y un minuto más me golpea contra los dedos.

Hoy se queda la Pochi a dormir: es una noche de fiesta. Todo el día lo voy a dedicar a esperarla. En el *Selecciones* leí la historia de un señor prisionero de los comunistas que estuvo recluido durante meses en una celda solitaria y se hizo un contador con miguitas de pan: cómo se ve que a él no le daban galletitas de agua. Parece que también se entretenía calculando el tiempo en relación con las visitas periódicas del guardián para traerle la comida. Con un reloj pulsera, ¿qué hubiera hecho? Mirar todo el día las agujas como un opa, igual que yo.

Un practicante viene a sacarme sangre. Usa una bata blanca bastante sucia, con manchas de sangre. Porque me nota asustado, se explica: no se trata de sangre humana. Sucede que acaba de dejar el gabinete de cirugía experimental donde estuvieron operando un cerdo a corazón abierto. Lamentablemente el animal no resistió la intervención y en este momento lo están preparando al asador para el cirujano principal y sus ayudantes. Como el hígado de cerdo no le gusta a nadie, le han permitido al practicante llevárselo a su casa, donde su mamá lo transforma en un exquisito paté al cognac. El practicante junta los dedos y los besa en un gesto de deleite. Del bolsillo de su bata saca una bolsa de nailon donde hay, en efecto, un hígado de aspecto hipertrofiado y sangriento. Me ofrece traer un poco de paté en su próxima visita, pero yo no acepto. Me parece que el cognac me puede hacer mal.

Me gusta que me saquen sangre. Eso quiere decir que no me han olvidado. Lo que no me gusta ni medio es la aguja. El practicante me ata una gomita en el brazo y me pide que cierre el puño con fuerza.

Aprieto el puño sacando músculo para que se note que no tengo miedo. La jeringa es descartable, de plástico. Para no pensar en la aguja clavándose en mi vena y chupándome la sangre como una sanguijuela mecánica, pienso en los avances tecnológicos de la medicina moderna. El muchacho clava la aguja y putea: un maleducado. Otra queja para anotar en mi libretita.

—Qué venitas frágiles tiene usted —dice, entre enojado y despectivo—. Mire, ya se tuvo que romper.

Tanto coraje para qué. Dejo de sacar músculo y miro. Una sangre sucia, de color oscuro, sale mansamente de mi brazo, como desbordándose. El practicante me pone un algodón y me hace doblar el brazo.

—Vamos, téngaselo así y no se ponga tan pálido.

Maricón no me dice pero lo debe estar pensando. Después empieza el mismo trabajito con el otro brazo. Fuerza, le digo a mi venita, que esta vez resiste valientemente y se deja perforar sin romperse. La jeringa se va llenando con ese líquido amarronado que aunque parezca increíble es mi propia sangre. Siento un dolor pequeño y agudo, como la picadura de un mosquito gigante. Y ya tengo otra cosa para esperar: los resultados del análisis.

Cuando el practicante se va me quedo un rato acostado sin almohada para que se me pase la lipotimia. Linda sorpresa se va a llevar mi hermano cuando vuelva de su viaje y me encuentre así. Pensar que me dejó sano y lleno de proyectos: ahora, mi único proyecto es volver a estar sano. Y salir lo más pronto

33

posible de este hospital que ya odio. En el curso de Control Mental aprendí que la voluntad y el deseo de curarse son las armas más poderosas para vencer a la enfermedad. Voy a concentrar toda mi energía mental en ponerme bien. Si da resultado, cuando mi hermano llegue voy a estar en Ezeiza. A lo mejor, hasta le consigo una cuña para que pase por la aduana.

Sigo recibiendo visitas equivocadas que vienen a ver al director del hospital. La gente que espera encontrarlo aquí no es justamente la que mejor lo conoce: los amigos íntimos y los parientes ya saben que está en la casa. Es un hombre muy querido y también muy importante. Como médico, lo vienen a ver muchos de sus pacientes. Como dueño de un laboratorio, lo visitan colegas, proveedores, clientes, jefes y empleados de su empresa y de otros laboratorios de la competencia. A nadie le hace gracia encontrarse conmigo, sobre todo si vienen desde lejos. Algunos se ponen contentos al enterarse de que está convaleciente. A otros (que a veces son los mismos) les da rabia haberse llegado hasta acá transportando el regalo.

La casa del director está del otro lado de la ciudad y a los que vienen por compromiso les resulta más práctico librarse del regalo dejándomelo a mí. Ya tengo un ramo de rosas rojas aterciopeladas de La Orquídea, y dos ramos de claveles de florerías de barrio, una caja de bombones de fruta y otra de bombones surtidos, un chocolate importado de Suiza, tres novelas de espías (una repetida) y una bolsa grande de caramelos ácidos. A los presos cuando los van a visitar les llevan cigarrillos y hasta pollo al horno: a los enfermos, ni eso. Con tanta flor en la pieza, ya está oliendo a velorio. Pienso compartir los regalos con la enfermera jefe: empezar, así, a conquistármela.

Un rato antes del mediodía entra a mi cuarto una mujer muy atractiva, morocha y de pelo largo. Aunque usa delantal blanco, nadie podría confundirla con una enfermera. En parte porque no lleva la cofia blanca y los zapatos reglamentarios, pero sobre todo por la forma de caminar: tranquila, segura, sin apuro. En el bolsillo izquierdo tiene una lapicera fuente. Las enfermeras, a lo sumo, tendrán biromes.

—Mucho gusto. Soy la doctora Sánchez Ortiz —me dice—. Y me estrecha la mano con tanta fuerza como si yo fuera un leproso al que hay que demostrarle que no contagia—. El doctor Goldfarb y yo hemos tomado su caso y nos vamos a ocupar de usted.

La doctora se asoma a la puerta y llama a alguien que, a juzgar por las voces que vienen del pasillo, parece estar entretenido conversando con una de las enfermeras.

—Le presento al doctor Goldfarb.

El doctor tiene más o menos mi edad y parece muy amable. Es del tipo de los médicos chistosos. Cada vez que hace una broma, guiña el ojo derecho para que no quede ninguna duda. Me pone el termómetro, me toma el pulso, me ausculta.

—Flor de batería —dice, guiñando el ojo, mientras desliza el estetoscopio sobre mi pecho.

Cuando un médico anuncia sus chistes, se entiende que el paciente tiene la obligación de reírse. Me siento un poco inquieto.

—Perdón —les digo, tratando de no ofenderlos—. Pero yo soy paciente del doctor Tracer. Paciente particular.

—Por supuesto —dice la doctora—. El doctor Tracer es el jefe de nuestro equipo y él controla nuestro trabajo.

—Además el doctor Tracer tiene tantos pacientes que si le sacamos uno o dos ni se va a dar cuenta —dice el doctor Goldfarb guiñando el ojo derecho.

Antes de que termine de hablar empiezan a entrar en la habitación otros médicos. Muchos médicos. Muchos más de los que me hubiera atrevido a desear. Hay dos con corbatas llamativas, varios con anteojos y siete mujeres. La mayoría fuma. Se apretujan contra las paredes, se sientan sobre mi cama y encima de la mesita de luz. Por falta de espacio, la doctora Sánchez Ortiz se acomoda sobre mi almohada cruzando las piernas, que son lindas. Usa un perfume que me gusta, pero muy pronto la pieza está tan llena de humo que ya no lo siento. Qué falta de respeto por el paciente. Hasta me tiran ceniza sobre las sábanas, un detalle que en mi libretita de quejas no va a faltar.

La doctora carraspea para imponer silencio y en voz muy alta inicia su exposición. Habla de mí señalándome inútilmente con el dedo: entre tantos médicos, el único paciente soy yo. A veces me hace abrir la boca. Los otros asienten con la cabeza y sonríen cuando es necesario para que se note que están siguiendo sus palabras. Sin embargo, a los que están distraídos se los reconoce por los ojos: tienen la mirada baja, dirigida a las piernas de la doctora y no a su cara.

La doctora tiene la bata entreabierta y usa debajo una camisa muy escotada. Cada vez que se inclina sobre mí le miro el comienzo de los pechos. Yo soy así: hasta de la peor situación me gusta sacar algún provecho, alguna enseñanza.

Ahora la doctora me palpa el vientre, apretando con más fuerza en ciertas zonas. La falta de espacio la obliga a extenderse a mi lado. Si su gesto no fuera tan profesional, sería excitante. Cuando grito ay, se detiene contenta y, sacando la lapicera fuente del bolsillo, marca ese punto con una crucecita de tinta roja. Después, invita a palpar a los demás. No es fácil acercarse a la cama estando todos tan apretados. Los desplazamientos que se producen me hacen pensar en un colectivo muy lleno que llega a una parada importante que no es, sin embargo, la terminal. Van pasando de uno en fondo y presionan mi vientre donde más me duele. Después se abren paso dificultosamente para salir.

Sospecho que son estudiantes de medicina, aunque para estudiantes me resultan bastante mayorcitos. Se entiende: la facultad de medicina no es broma y no es extraño que mientras estudian vayan envejeciendo.

Cada vez que uno de ellos me aprieta la crucecita roja, repito con más ganas el "ay" que puso contenta a la doctora. Uno de los que usan corbata llamativa me sonríe mientras palpa: parece mejor que los demás y aprovecho para protestar más extensamente.

—¡Ay, me duele mucho!

—Claro que le duele mucho, eso ya lo sabíamos. No había ninguna necesidad de que usted dijera ay

—dice la doctora Sánchez Ortiz, con ganas de bajarme los humos—. Y ahora, a ver si me hace el favor de quedarse un ratito en silencio.

A las doce, cuando me traen la comida, estoy tan agotado que la miro sin interés. Para recuperar fuerzas me obligo a tragar un poco de sopa pegajosa y espesa, una especie de engrudo demasiado líquido. Del puré prefiero olvidarme. Desde que estoy enfermo me he convertido en un experto en purés: hay algunos que son un premio, otros, un castigo; con sólo mirarlos los reconozco.

A medida que me voy reanimando (si no pienso en el gusto, la sopa caliente ayuda) la indignación aumenta. Yo soy una persona pacífica, pero si me buscan me encuentran: a la doctora Sánchez Ortiz no le hablo más, no le pienso decir ni ay. Apenas lo vea al doctor Tracer me va a escuchar. ¿Qué clase de equipo tiene? La queja correspondiente a este suceso ocupa toda una hoja en mi libretita.

Vuelvo a James Bond y me da envidia: con el dedo meñique roto se las arregla para descolgarse por el techo de un depósito donde hay pescados venenosos y tiburones en grandes tanques de vidrio. Es fuerte, valiente, y tiene un arrastre bárbaro. Si estuviera en mi lugar, a la doctora ya la tendría con él, aunque fuera soldado del enemigo. Mi nombre es Bond, James Bond, diría. Y la doctora, toda suya.

No alcanzo a leer mucho. Bajo el efecto de los sedantes me quedo dormido. Soñando con la doctora Sánchez Ortiz mancho las sábanas. Me despierto húmedo y pegajoso cuando entra la enfermera jefe.

Debe ser triste para una mujer tener el pecho tan chato. ¿Será por eso que nunca se ríe? Para caerle simpático tengo muchas preguntas preparadas. A veces, con una propina no basta: el dinero no es todo en la vida. Con la gente hay que tener amabilidad, pequeñas gentilezas, acordarse de sus problemas y preguntarle por la familia.

Pero ella habla tanto y tan rápido que no me da tiempo a preguntar nada. Apenas puedo seguirla. Es malhumorada y eficiente. Mientras habla, realiza un control general de la habitación. Revisa con cuidado las flores y los caramelos. Por un momento tengo miedo de que me quite el chocolate suizo, pero lo vuelve a poner en su lugar. Deshace la cama y la vuelve a hacer rápidamente. Controla el placard, el baño y todos los rincones. Me parece bien que se fije en el contenido de los frascos de remedios: abre una capsulita al azar, huele el polvo blanco y la vuelve a cerrar. En cambio me molesta verla revolver los cajones, meterme la mano en el bolsillo del piyama y volcar el contenido de mi bolso.

Me pregunta con ritmo de ametralladora cómo estoy, cómo me siento, dónde me duele, por qué me internaron, qué estoy leyendo, de qué trabajo, cuál es mi plato preferido. Se queja de su sueldo, que es bajo, y de su trabajo, que es mucho. Justifica la requisa diciéndome que los pacientes tienen prohibido esconder bebidas alcohólicas en su habitación, que de mí no sospecha porque se ve que soy una persona seria y abstemia pero que más de un disgusto tuvo en la vida por confiar en hombres que parecían serios y después eran igual que todos, que el puesto se lo tiene que cuidar porque el sueldo será bajo pero algo es algo y si no se preocupa ella no se lo va a cuidar el vigilante de la esquina.

Quisiera interrumpirla para explicarle que en las esquinas no hay más vigilantes, que ahora andan todos en coches patrulleros. Pero ella ya está en otro tema. Del doctor Goldfarb y la doctora Sánchez Ortiz me habla maravillas.

—Con unos médicos como los que usted tiene —me dice, disminuyendo la velocidad para recalcar mejor las palabras— si no se cura es porque no quiere.

Para atenuar el tono de reprimenda de su última frase, la enfermera jefe me acaricia la cabeza y me da un pellizco en la barbilla que me hace saltar: tiene los dedos suaves como tenazas. Agrega antes de irse que bien podría peinarme un poco, afeitarme y lavarme la cara, que eso me va a hacer sentir mejor porque no hay nada peor que mirarse al espejo y verse desprolijo, que el aspecto es importante para la salud, que ella tuvo un paciente del que nunca se va a olvidar porque es el que más admiró en su vida, que se murió de cáncer con dolores terribles y que hasta el último momento se hacía planchar el piyama dos veces por día, se lavaba los dientes, se afeitaba todas las mañanas y se ponía Old Spice que tiene ese perfume tan agradable y masculino.

Como yo no tengo cáncer y no me voy a morir, no pienso afeitarme nada.

La Pochi, una prima que me saqué en la lotería, llega al rato trayendo algunas cosas para comer: galletitas de chocolate, una banana, papas y manteca. Ver la comida me produce gran alegría y salivación hasta que me entero de que no me piensa convidar. La alegría (y la salivación) se me cortan de golpe.

—Antes de prepararte la comida, tengo que hablar con el médico. A ver si te doy algo que te haga mal.

Yo conozco bien mi régimen: sé lo que puedo y lo que no. El doctor Tracer me lo anotó en una receta que guardé en la caja fuerte de mi departamento para no perderla. Pero antes la copié íntegra en la última página del libro de James Bond. Estoy seguro, por ejemplo, de que bananas maduras puedo. Lo que no puedo es convencerla a la Pochi, ni siquiera mostrándole lo que tengo anotado.

—Ésta es tu letra —dice la Pochi—. Y ni siquiera tiene la firma del doctor. Con tal de comerte un plato de papas fritas a caballo, vos sos capaz de cualquier tongo.

Y me niega nomás las bananas maduras. Le pido que, por lo menos, se las vaya a comer al pasillo para no hacerme sufrir.

La Pochi me anuncia una próxima visita de sus padres, que están preocupados por mi enfermedad. Mis compañeros de trabajo, ¿por qué no habrán venido todavía? Avisé por teléfono que me internaba y los estoy esperando desde el primer día. La de chistes nuevos que tendrá el Duque para contarme. Iparraguirre ya tendría que haber organizado una expedición. Él diría: un safari.

Cuando a alguien lo ascienden o le aumentan el sueldo, a Iparraguirre siempre le parece injusto: habla de traiciones y de vendidos. A Fraga, que se ganó la lotería, no le dirigió la palabra durante un buen tiempo. Si una de las chicas se casa, Iparraguirre se niega a participar en el regalo que le hacemos entre todos.

41

—Para qué —dice—, si hoy en día los matrimonios no duran seis meses. Ya va a necesitar que le demos una mano cuando se divorcie.

Porque lo que a él le gusta es justamente eso: dar una mano, ayudar, colaborar, poner el hombro, y para sacarse las ganas necesita que la gente se enferme, que la despidan, que sufra accidentes automovilísticos o conyugales. Entonces está en su salsa. Organiza colectas y visitas conjuntas: es el primero en aportar y estimula a los demás para que no se queden cortos. Por eso me extraña que no haya traído todavía a los muchachos. Estará dejando pasar un tiempo prudencial para asegurarse de la autenticidad de mi enfermedad. Es posible, incluso, que sospeche una simulación. Otros casos ha tenido.

Con la Pochi nos quedamos hablando de asuntos de familia mientras ella prepara sus cosas para acostarse en la cama de al lado. Dice que un día de éstos me va a traer a su novio para presentármelo. De acuerdo a su descripción el muchacho parece un candidato ideal para el altar. "Para la guillotina", diría el Duque, que es solterito y sin apuro.

—Mi novio es muy celoso: que venga a hacerte compañía no le gusta nada, pero se las tiene que aguantar —dice la Pochi, bastante orgullosa de que alguien pueda estar celoso de ella.

Mientras estamos conversando llega la monjita, haciendo su ronda diaria. La recibo con mi sonrisa especial. Es la sonrisa de mi mejor foto (todos tenemos una): la llevo en la billetera para no olvidármela y cuando quiero quedar bien, trato de imitarla.

—¿Miedo usted tiene? —pregunta la hermana, que debe repetir siempre el mismo libreto.

—No —contesto yo, para variar.

—Así gusta a mí, muchacho fuerrte como ústed, ¿por qué tenierra miedo? ¿Ya dijeron cuándo van a operrar?

—Mi caso es clínico, no quirúrgico —le digo secamente, esperando que entienda mejor el vocabulario técnico que el coloquial.

Y no es que no entienda. Es que no está de acuerdo. Su certeza me hace dudar. ¿Sabrá algo que yo ignoro? Es posible que en este piso estén solamente los pacientes operados y los pacientes operables. Pero también es posible que se hagan, de vez en cuando (y hasta con frecuencia), infracciones a la regla que a ella, con su poco flexible mentalidad centroeuropea, le resulten tan difíciles de entender como nuestro idioma. A la Pochi ni siquiera le dirige la palabra. Es evidente que no aprueba su presencia. Antes de irse, me recomienda que tenga mucha pero mucha fe. Fe grrande, dice ella.

Le cuento a la Pochi, ayudándome con la libretita de quejas para no olvidarme de ningún detalle, los sucesos de esta mañana y los malos tratos a que me sometieron la doctora y sus alumnos. Ella se enoja tanto que me asusta. La Pochi en pie de guerra es peligrosa. Ahora que ya metí la pata no puedo retroceder, si trato de calmarla se la toma conmigo.

—A mi primo nadie lo va a usar de conejito de Indias —grita.

—Conejito no: conejillo —le digo yo, marcando la elle.

—A mi primo nadie lo va a usar de conejillo ni de coballo. Yo, que estoy sana, te voy a defender.

43

—Coballo no, cobayo —le digo yo, marcando la ye.

La Pochi prepara un plan de batalla. Primero va a hablar con la doctora Sánchez Ortiz. Dice que la va a poner en su lugar. Después lo va a buscar al doctor Tracer en su consultorio. Dice que a él también lo va a poner en su lugar, que es al lado de sus pacientes aunque estén en un hospital y no en un sanatorio privado.

Es buena pero brava esta Pochi. Desde chiquita: en cuarto grado la echaron de la escuela por pelearse con la directora. Cómo lloró la mamá. Espero que no me echen a mí del hospital. Yo quiero irme pronto, pero curado y por las mías.

La mujer que reparte la comida me dio a elegir entre puré de papas y budín de sémola. Consulté mis anotaciones y comprobé que la sémola, si bien no formaba parte de la lista de alimentos permitidos, tampoco figuraba entre los prohibidos. Elegí budín de sémola.

Ahora lo tengo aquí, delante mío. Es un mazacote denso, de alto peso específico y escasa porosidad. ¿Qué autoridad tenía esa mujer para proponerme semejante opción? ¿Y qué elementos tenía yo para tomar una decisión fundamentada? Nada más que el mal recuerdo del puré: tendrían que haberme traído una muestra o, al menos, una foto.

Un pedacito de carne yace junto al budín. Es un objeto chato y duro, de color oscuro, seco como cartón prensado y con gusto a madera. Considero que la alimentación influye en el estado psíquico del paciente: este almuerzo merece por sí solo unos cinco renglones en mi libretita de quejas. El doctor Tracer me va a escuchar.

Mi libretita incluye ya unos diecisiete Motivos de Queja, sin contar a las palomas porque finalmente las taché. Ahora a la mañana ya no las oigo y hasta me resulta simpático el ruido que hacen cuando se arrullan. A todo se acostumbra uno.

Si no fuera por el lío que se armó esta mañana, le pediría a la Pochi que haga gestiones para mejorar mi comida. Alternando protestas y propinas podría conseguir carne más tierna y, tal vez, un menú más variado. Considerando lo que pasó, mejor no le pido nada: con la gente de la cocina no conviene pelearse. Andan siempre con cuchillos.

Hoy mi prima me despertó temprano, en batón y despeinada. La cara, gordita y fea, la tenía toda colorada. Estaba tan enojada que hasta las palomas se dieron cuenta y se las escuchaba revolotear, alteradas, golpeándose las alas contra el vidrio de la ventana. La Pochi se había peleado con la doctora Sánchez Ortiz.

—Así que ayer te vinieron a revisar unos estudiantes de medicina —fue lo primero que me dijo, despreciativa—. Vos sos un miope de la cabeza: no sos capaz de distinguir un poroto de un zapallo.

Yo creo, sin embargo, que soy capaz de distinguirlos muy bien, porque el zapallo no me gusta y los porotos sí, pero me hacen mal. Por si fuera poco, el zapallo tiene un color anaranjado imposible de confundir. La comparación me pareció injusta: los estudiantes no llevan una E sobre la frente como para reconocerlos con tanta facilidad. Como estaba tan furiosa, no le quise discutir.

—Y pensar que por tu culpa quedé tan mal con la doctora —siguió ella.

En resumen, los que estuvieron aquí con la doctora no eran estudiantes de medicina sino auténticos médicos recibidos. Al parecer debí haberme dado cuenta por la edad. Ahora recuerdo que ese detalle me llamó la atención. No sólo tenían todos ellos su título habilitante, sino que se trataba, además, de especialistas renombrados: una delegación de médicos extranjeros, asistentes al Congreso Latinoamericano que está sesionando en el Sheraton.

—En el Sheraton, ¿te das cuenta? —dice la Pochi—. Se molestaron en venir desde el Sheraton hasta este hospital piojoso para verte a vos. Podrías estar orgulloso de ser un caso tan interesante.

Para mí que la Pochi al Sheraton no lo conoce más que de nombre. Yo, en cambio, fui un par de veces y no es para tanto: en la cafetería sirven unas hamburguesas zonzas como si fueran la séptima maravilla.

Cuando la Pochi empieza a discutir, no hay quien la pare. Las palabras crecen, se desbordan, forman una correntada incontenible que arrastra la bronca de mi prima haciéndola crecer. Su tono de voz sube, agita los brazos y su interlocutor tiene derecho a temer por su integridad. Yo, que la conozco desde que era así, puedo asegurar que la Pochi no le pega a nadie: que un desconocido se ponga en guardia resulta justificable.

Por eso, aunque su conclusión final sobre los hechos la haya vuelto en mi contra, no hay que pensar que ese cambio de frente haya suavizado su entrevista con la doctora. Con ella siguió discutiendo hasta el final, negándose a darle la razón y descargando sobre su cabeza miles de metros cúbicos de indignación con la presión de una catarata. La acusó de imprevisora, de imprudente, de improvisada, de irrespetuosa, de irresponsable, de impúdica, y hasta amenazó con denunciarla. Qué impulsiva esta Pochi.

—La doctora Sánchez Ortiz está furiosa conmigo y muy molesta con vos. Dice que en estas condiciones prefiere no atenderte más. De las cosas que le dije estoy arrepentida: la culpa es tuya porque me hiciste confundir. Pero pensándolo bien, es mucho mejor que no te atienda: esa chica me parece demasiado joven. Como doctora no debe tener gran experiencia: en otras cosas sí —dice la Pochi.

Pensar que, aunque me quedara en el hospital, no la vería más a la doctora, me dio pena. Al fin y al cabo ella cumplía con su obligación. A los invitados extranjeros hay que tratarlos muy bien para que se lleven una buena impresión del país. Además de triste, me quedé preocupado. Si se corre la voz de que soy un paciente difícil, ¿quién me va a querer atender? "Con ese pollerudo mejor no meterse", se dirán los médicos unos a otros. "Después viene la prima y te pone de vuelta y media." Un motivo más para irme del hospital cuanto antes.

A pesar de mis temores, el doctor Goldfarb se comportó en forma muy gentil.

—Usted todavía haciéndose el enfermo, picarón —me dijo al entrar—. Cómo se ve que tiene quien lo mime.

Y la miró a la Pochi guiñando un ojo. Me revisó bien a fondo y me anunció que iba a pedir varias radiografías.

El doctor se quedó en la pieza un rato largo, charlando con los dos y contándonos esas anécdotas de humor macabro que les hacen tanta gracia a los cirujanos. Mientras hablábamos, la Pochi se peinaba las cejas con saliva, se arreglaba el pelo, acomodándose un mechón sobre la frente, y se estiraba la pollera para poner en evidencia sus piernas, que tienen forma de maceta. ¡Qué fuerte se reía de los chistes del doctor! Hasta en el pasillo se debían escuchar sus carcajadas de caballo.

Se fueron juntos, el doctor siempre haciendo gracias, encantado con las risotadas de la Pochi. Hasta se ofreció a llevarla en su coche hasta el centro. Ella debe haber venido con el suyo pero, vaya a saber por qué, ni siquiera lo mencionó. El novio, que es tan celoso, ¿qué diría si lo supiera?

Y aquí estoy, otra vez solo, sin aliados para ayudarme a hacer frente a este almuerzo, que parece resumir en su trágica insipidez la miseria de mi situación. Mastico penosamente, con esfuerzo. Mi mandíbula deshace sin ganas las fibras de la carne, apretadas fuertemente entre sí como la hiedra y la pared del bolero, como hermanos que se dan el abrazo final de despedida mientras se escucha ya la sirena del barco. Sin piedad las obligo a separarse, las divido, las machaco entre mis muelas fatigadas. Nada tan mecánico como el movimiento de deglución de mi garganta. Sin embargo, estoy decidido a terminarlo todo, hasta el último bocado de carne seca y correosa. He llegado apenas a la mitad cuando viene la mucama a llevarse el plato.

—Usted es un desconsiderado —me dice—. ¿Se cree que vamos a estar esperando hasta que se le ocurra terminar por el sueldo que nos pagan?

Hoy sí que me llevé una sorpresa: nada menos que Ricardo. Uno cree que conoce a la gente y se equivoca. De Ricardo estaba seguro que no le iba a ver el pelo mientras estuviera internado.

—Qué hacés, loco —me dijo—. ¿Seguís con tus ñañas?

Ricardo no se toma muy en serio mi enfermedad, pero igual fue una alegría verlo, un soplo de aire fresco.

—Yo te voy a hacer el diagnóstico —se ofreció, generoso—. Vos sos un depresivo. En vez de largar la agresividad para afuera, te la tragás y la dejás que actúe como saboteador interno. Y también, inconscientemente, estar enfermo te gusta un poco: es una defensa que te permite mantener a todos pendientes de vos.

A mí me gusta, claro que me gusta que todos estén pendientes de mí. Y no "inconscientemente": me gusta de alma. Lo que Ricardo no quiere entender es que por muy enfermo que esté, pendiente de mí no tengo a nadie. A medida que mi internación se alarga, las visitas se hacen más espaciadas. La Pochi viene seguido, pero ya no sé si es para verme a mí.

Para corresponder al relato de las últimas aventuras erótico-sentimentales de Ricardo (que siempre tiene alguna) le conté que la doctora Sánchez Ortiz se acostó al lado mío para palparme el vientre. No le dije, en cambio, que en ese momento había unas treinta personas en la pieza porque no me iba a creer. La verdad siempre se ve obligada a hacer ciertas concesiones a la verosimilitud.

El doctor Goldfarb me había dejado una receta indicando medicamentos que en el hospital no hay. Como todavía no tengo diagnóstico se trata, por el momento, de atacar los síntomas. Ricardo se ofreció a comprármelos. Le di la receta y el dinero y le indiqué la ubicación de la farmacia.

—Contá hasta diez y estoy de vuelta —prometió.

Conté hasta 15.828 y ni noticias. Seguí contando un rato para hacerle notar su retraso con cifras exactas pero al final me di por vencido. Espero verlo antes de la noche: la plata ya no me importa. Lo que más me preocupa es que me devuelva la receta.

Quisiera dormir. La tarde se hace larga y el sueño no viene. Ricardo tampoco. Desde que empecé mi curso de Control Mental, es la primera vez que tengo insomnio. ¿Qué frecuencia tendrán ahora las radiaciones de mi cerebro? Tanta radiografía ¿las habrá afectado? Trato de distraerme para darle al sueño la oportunidad de sorprenderme, pero hoy no quiere jugar. Tampoco tengo ganas de leer. Este Bond se hace mucho el vivo: me gustaría verlo en mi lugar. A él no lo están por desalojar de su departamento, por ejemplo. La enfermera jefe pasa por mi pieza muy seguido. Así justifica la propina y de paso me tiene bien controlado. Hoy descubrió una caja de bombones que hasta ahora se le había pasado por alto. Me confiscó todos los de licor. —Usted no tiene la culpa —me tranquilizó—. Yo siempre digo que las visitas son todos unos insconcientes.

Me dijo también que con bombones de licor nadie se emborracha pero que cuando se trata de un vicio todo es empezar que hoy un bomboncito y mañana una sopa inglesa con moscato pasado un licorcito de cerezas después un vermú con ingredientes al otro día un vasito de whisky más adelante una botella de ginebra y el día menos pensado me encuentra robando alcohol en la farmacia, que el camino de la degradación no se sabe dónde empieza y que si tengo algo de valor mejor que se lo dé para que ella me lo guarde en su ropero con candado porque en el hospital hay de todo como en botica que le tenga confianza que me va a dar un recibo que me porte bien y que me cure pronto.

Mientras se despide me arregla los almohadones y me da palmadas en la espalda con sus manos enormes como palas. Las palmadas, aunque amistosas, me duelen un poco y cada vez que se va me deja con tos.

Eso sí, visitas para el director del hospital no vienen más, se ve que ya avisaron a todos. Lo lamento por los regalos: por la gente no. Recibir visitas ajenas me daba tristeza. Lo único que les interesaba era tener noticias del ausente y nadie se quedaba a charlar conmigo.

Mis tíos, los padres de la Pochi, entran tímidamente trayendo una carta de mi hermano con el sobre roto.

—Tuvimos que abrirla —dice mi tía, dándome la carta—. A un enfermo no se le puede dar cualquier noticia.

Mi hermano está en París. La carta habla de los días feos y nublados, de mujeres y medialunas y de las calles de París, que son tan lindas. Algunas frases están tachadas con tinta negra. Gracias a mi tía, me entero de cuál fue el criterio de censura. Se trataba de descripciones escabrosas y frases en las que se describía el gusto del paté de foie gras trufado, las masitas de almendra y las de frutilla.

—Las taché para que no te hicieran sufrir.

Mis tíos me preguntan qué es lo que tengo y no se dan por satisfechos con mi respuesta. A mí me da vergüenza confesarles que todavía no tengo diagnóstico y de todas maneras no me creen. Están convencidos de que trato de ocultarles la trágica verdad.

—Pienso que todavía no hace falta escribirle a tu hermano sobre tu enfermedad —dice mi tío: a él habrá salido tan práctica la Pochi—. Se va a amargar al pedo si sabe que estás aquí y por ahí hasta interrumpe el viaje.

—La que tendría que estar internada soy yo —dice mi tía, que no se pinta para parecer más pálida.

Con gran concentración me describe sus últimos y fascinantes dolores de cabeza, que empiezan con un dolor agudo, como un pinchazo, en la ceja derecha y se extienden después, como Juan por su casa, por todo el hemicráneo izquierdo: verdaderas migrañas.

Mi tía sabe mucho de enfermedades y me aconseja bien. De tanto estar enferma, ya habla más difícil que muchos médicos. A las encías les dice corión gingival, a la piel le dice epidermis, a los moretones los llama equimosis y a las raspaduras, escoriaciones. Maneja los conceptos de ántero-posterior, ínfero-anterior y decúbito supino con una familiaridad que me da envidia. Yo, para saber cuál es la derecha, tengo que hacer con la mano el ademán de escribir. Ella fue la que me recomendó al doctor Tracer. Le tengo confianza porque es más que una simple aficionada: es una enferma profesional.

A la hora en que suele venir la monjita, mis tíos todavía están conmigo. Cuando ella entra se ponen de pie. Los hace sentar con un gesto y me mira sonriente y arrugada para demostrar que somos amigos desde hace tiempo.

—¡Carramba, qué visitas tiene ústed! —dice—. Y ayer chica linda también.

Como noto en su voz cierto matiz de acusación, me adelanto para no quedar mal delante de mis tíos.

—Éstos son mis tíos —presento—. Y la que estaba ayer era mi prima, la hija de ellos.

La convido con caramelos ácidos de mi bolsita pero los rechaza como si fueran un intento de soborno. Y ya está a punto de salir de mi cuarto cuando de pronto se da vuelta como si la conciencia la hubiera tironeado de la toca.

—Bien me sé que ústed de operración no quierre hablarr. Hablarr es buena cosa. Hoy me voy, mañana vengo, ústed piensa.

—Sí, seguro —le digo yo, ya con la firme decisión de no permanecer ni un día más en este hospital—. Vuelva mañana y le prometo que hablamos de la operación todo lo que quiera.

—¿Cómo, te van a operar? ¡Y no me dijiste nada! Siempre tengo que ser la última en enterarme de todo. Me lo estabas ocultando, desgraciadito. Qué suerte que tienen algunos —dice mi tía—. A mí me operaron una sola vez, del apéndice, y era tan chica que no me acuerdo nada.

—Vamos —dice mi tío, que no le deja pasar una—. ¿Y de la estética de las arrugas no te acordás tampoco? Yo te aseguro que no me la olvido así nomás, con la guita que me salió.

—Pero no, tía, me van a hacer solamente unos estudios. Si no me creés, preguntale al doctor Tracer.

Quisiera de verdad que le pregunte, a ver si se entera de alguna novedad: yo mismo estoy empezando a dudar. Cuando se van, el peso del aburrimiento cae sobre mí como una montaña. Intento entablar conversación con una de las mucamas pero ella se limita a barrer furiosamente el piso de la habitación, hablando entre dientes de las cosas que tiene que hacer por el sueldo que le pagan. El sueldo parece ser la preocupación principal de todo el personal. No sería raro que en cualquier momento estalle una huelga. Con todo, siento esas palabras murmuradas en voz baja como un insulto personal. Es el último empujón que necesitaba para decidirme: me voy de aquí. Me voy ahora mismo.

Me levanto de la cama y ensayo unos pasos por la habitación. Las piernas me sostienen con firmeza. En el ropero no encuentro más que piyamas; mi ropa se la debe haber llevado la enfermera jefe en la última requisa.

Hace calor y el más nuevo de mis piyamas puede pasar perfectamente por un conjunto deportivo. Como si estuviera practicando aerobismo, salgo a correr por los pasillos del hospital. Me sorprende encontrarme con otros corredores, solos o en grupos, que me saludan al pasar levantando la mano. (Más tarde me enteraré de que parte del personal médico y algunos enfermos se están entrenando para competir en un maratón interhospitalario.)

Cuando nadie me ve, me apoyo agotado contra cualquier pared para descansar y recuperar aliento. Llego por fin a la gran puerta de entrada, donde me detiene un anciano uniformado.

—Señor, ¿adónde va?

—Salgo —no considero necesario dar más explicaciones.

—Usted no trabaja aquí —dice, mirándome fijamente como si tratara de reconocer mis rasgos.

—No, no trabajo aquí. Soy paciente. O, mejor dicho, era.

—¿Tiene la tarjetita?

—¿Qué tarjetita?

—La tarjetita rosa.

Lamentablemente yo no tengo, por el momento, ninguna tarjetita

—Lo siento muchísimo, señor, pero sin la tarjetita rosa de aquí no sale nadie. Ningún paciente, quiero decir.

—Lo que quiere decir es que estoy encerrado, ¿no es cierto?

—Pero no, hombre, cómo va a estar encerrado, esto no es una cárcel. Todo lo que tiene que hacer es conseguir su tarjetita rosa. Un trámite.

El hombre no me permite ni siquiera indignarme contra la burocracia.

—No es porque sí, señor. Imagínese. Es por el bien de todos. No es bueno que anden por ahí, sin estar registrados, enfermos contagiosos. Enfermos, por ejemplo, de lepra o sarampión.

—¿A usted le parece que yo estoy en edad de tener sarampión?

El viejo me observa otra vez con mucha atención, enfocándome la cara con la linterna. Pero desvía enseguida la mirada, como si al examinarme se hubiera excedido en sus atribuciones.

—No sé, no sé. Yo no soy médico, aunque Dios sabe que me hubiera gustado. Yo soy el que cuida la puerta y no lo puedo dejar pasar sin su tarjetita rosa.

—¿Y cómo la consigo?

—Ah, eso es muy fácil —me dice, aliviado de verme entrar en razón—. Yo le doy este formulario, usted lo llena, se lo hace firmar por el médico que lo está atendiendo y por el director del hospital y después va a Administración donde se lo cambian en el acto por una tarjetita rosa. Tiene que adjuntar una foto cuatro por cuatro medio perfil con fondo negro.

—¿Con fondo negro? ¿Y de dónde quiere que saque una foto con fondo negro si no puedo salir del hospital?

—Señor, usted se ahoga en un vaso de agua. Déjeme nomás su número de cama y yo me encargo de mandarle al fotógrafo de la maternidad. ¿Vio qué fácil? Mañana mismo está afuera.

Al día siguiente me desperté muy temprano, y después de llenar el formulario me senté a leer en la cama mientras esperaba al fotógrafo. En su lugar, una enfermera que nunca había visto entró a la habitación agitada.

Tenía la mandíbula inferior absurdamente alargada y su cara de caballo estaba cubierta de transpiración, como si hubiera galopado por todos los pasillos y las escaleras del hospital. Fue su respiración anhelante lo que me hizo notar su mal aliento.

—Estoy muy atrasada —me dijo, hablando desagradablemente cerca de mi cara—. Sáquese el piyama rapidito.

No podía dejar de preguntarme si un aliento tan feo sería simplemente de origen bucal. Yo soy un paciente dócil y razonable, siempre y cuando los demás sean razonables conmigo. Formado en la escuela del doctor Tracer, que nunca me mandó sacarme una radiografía, jamás me pidió que orine en una botella, sin explicarme antes en términos claros y sencillos por qué y para qué debía hacerlo. Cuando proceden conmigo de ese modo, utilizando argumentos lógicos, jamás me resisto. En este caso, el tono de la enfermera era violento y perentorio: decidí exigir una explicación.

—Sáquese el piyama por las buenas o pido ayuda —gritó ella como única respuesta.

—Quiero hablar con la enfermera jefe —dije yo con voz firme, mientras seguía preguntándome sobre las causas del mal aliento de Cara de Caballo. ¿Las muelas cariadas o un mal funcionamiento del aparato digestivo?

Con un gesto de impaciencia, la mujer salió corriendo. Nunca creí que alguien pudiera tomar tanto impulso en tan poco espacio. Volvió con el practicante que me saca sangre todas las mañanas. Esta vez no debía venir de Cirugía Experimental porque las manchas sobre su bata blanca tenían un color más semejante al vino que a la sangre. Traía una jeringa más grande que de costumbre, con una aguja más chica.

Al verme, pareció sorprendido. Se detuvo, jeringa en ristre, y cambió unas palabras en voz baja con la enfermera. Después se dirigió a mí.

—Me extraña de usted, que es tan buen paciente. ¿Se va a dejar afeitar por la señora o prefiere que lo duerma?

Naturalmente, preferí dejarme afeitar despierto. Habiendo sido informado, aun de ese modo poco ortodoxo, de las razones por las cuales se exigía que me desvistiera, no tenía por qué seguir resistiéndome. Con todo, me hubiera gustado saber con qué fin debían afeitarme y qué zona. Pese a mi nueva y dócil actitud, la enfermera le pidió al practicante que se quedara cerca por si volvía a necesitar ayuda.

Del bolsillo de su delantal sacó una maquinita de afeitar y un envase de talco perfumado.

—¿Me saco el pantalón, el saco o las dos cosas? —pregunté yo, muy obediente.

Ella se quedó un instante desconcertada. Su mirada iba de la maquinita de afeitar a mi cuerpo, como tratando de recordar.

—¿Usted se acuerda de qué lo iban a operar? —le pregunté al practicante.

—No me corresponde recibir ese tipo de información —contesto él, interesado en especificar sus funciones.

—Ah, era eso —dije yo, aliviado de que todo fuera un simple error—. Pero me hubieran preguntado a mí: no me tienen que operar de nada, me internaron para hacerme algunos estudios y todavía ni siquiera tengo diagnóstico.

El practicante y la enfermera se miraron con una sonrisa.

—Eso dicen todos —me dijo ella, moviendo compasivamente la cabeza.

—Un momento —insistí yo—. Soy paciente del doctor Tracer, paciente particular, y exijo...

Pero el practicante, sin hablar, volvió a amenazarme con la jeringa. Lamenté haber pronunciado el nombre del doctor Tracer en vano. Debí reservarlo para una situación más grave.

La enfermera sacó del bolsillo una lista muy larga escrita en una letra pequeñísima y casi imposible de entender. Entre los dos estuvieron un buen rato tratando de encontrar la clave con ayuda de una lupa, pero la urgencia pudo más.

—Si lo afeito todo —concluyó ella— no me equivoco seguro.

Me quité el saco y el pantalón del piyama y también los calzoncillos y las medias. Cuando Cara de Caballo me entalcó todo el cuerpo, mi sexo, que había casi olvidado las bondades de semejante tratamiento, empezó a reanimarse como una oruga que se despereza en una mañana de primavera. Un hábil papirotazo lo volvió a su abatimiento de costumbre.

Dando muestras de gran pericia, la enfermera me afeitó el pecho. Ojalá tuviera yo tanta muñeca: con movimientos rápidos y seguros me lo dejó todo pelado.

—Pórtese como un hombre y aguante un poquito —me dijo, cuando empezaba con la zona boscosa inferior.

Ahí sí que me dolió, a pesar de los gestos imprevistamente delicados de Cara de Caballo. Aguanté callado. Creo haberme portado como todo un hombre y hasta mejor que un hombre cualquiera. Finalmente, me rapó el cráneo y las cejas.

A pesar del talco, de la excelente hojita de afeitar (completamente nueva) y de la inesperada suavidad de Cara de Caballo, pronto sentí que toda la piel me ardía, especialmente en las regiones más sensibles. Pero el ardor era lo de menos; lo que me importaba era la operación.

Sin levantar el tono de voz, expresando en la humildad de mi actitud todo el respeto que la jeringa me inspiraba, les rogué que llamaran al doctor Goldfarb.

—Lo espera en el quirófano —me aseguró Cara de Caballo.

Eso me tranquilizó. El doctor nunca permitiría que me operaran sin necesidad. El practicante parecía no confiar en mi nuevo estado de apacible expectación y para asegurarse de que tragaría el sedante que me daba la enfermera, me apoyó amenazadoramente la aguja en el cuello.

Quise sonsacarle información a Cara de Caballo, halagándola en su amor propio.

—Tiene usted dedos de hada —le dije, mirándole los vasos hendidos que tenía en lugar de manos.

Ella relinchó de placer y volvió a sacar la lista del bolsillo, haciendo un verdadero esfuerzo por leer cuál era la zona de mi cuerpo que debía quedar disponible para la operación. Hasta me prestó el papel para que yo mismo buscara mi nombre. Encontré un jeroglífico que podría confundirse con mi apellido, pero nunca hubiera podido adivinar lo que decía al lado.

Mi cerebro se esforzaba en desasirse del pesado abrazo del sedante cuando llegó la camilla. Sentía la lengua torpe y los brazos y las piernas me respondían sin ganas, como en los últimos tramos de una borrachera. Mi propio yo, lúcido y aterrorizado, se agazapaba en las profundidades de mi cuerpo, que ya no obedecía a sus controles.

En el pasillo la enfermera jefe me saludó sonriente con la mano. La monjita pasó al lado de mi camilla.

—Feliz operración —me dijo contenta.

Y me apretó la mano con afecto, como para demostrarme lo orgullosa que se sentía de mí.

De pronto me pareció que las figuras empezaban a disminuir de tamaño: la camilla rodaba hacia atrás por el pasillo. Traté de concentrar mis últimas fuerzas en un objetivo único: hablar con el doctor Goldfarb.

Cuando llegué al quirófano los objetos me parecían lejanos, borrosos. Las paredes azulejadas me recordaron una heladería o un baño. Creí ver mucha gente, mucha más de la que yo consideraba necesaria para una operación; hombres y mujeres con las caras tapadas por los barbijos y los ojos brillantes.

Me pareció reconocer al doctor Goldfarb en una figura de verde que apoyaba el filo de un bisturí contra la piedra cilíndrica de una máquina de afilar. Grité su nombre y el hombre se volvió hacia mí con el bisturí en alto: supe que nunca había visto esas cejas espesas, esos ojos verdes.

—Nos dio un poco de trabajo —dijo el practicante, que había venido conmigo— es mejor anestesiarlo enseguida.

Cara de Caballo había desaparecido en el trayecto entre mi pieza y el quirófano. Dos mujeres con las mangas subidas hasta los codos jugaban en una pileta pasándose un jabón amarillo que despedía un vago olor a azufre.

Yo miraba a todos con desesperación, buscando alguna cara conocida.

—Es un error —empecé a decir.

Pero mi voz se perdía en el conjunto de sonidos del quirófano. El equipo de música funcional hacía escuchar en ese momento los acordes de la Marcha Nupcial.

Mientras el anestesista preparaba la inyección de pentotal y uno de los cirujanos se entretenía en ejercitar su bisturí sobre una rata muerta alguien empezó a contar un chiste. La carcajada general fue lo último que oí antes de que la anestesia subiera, negra y con un olor muy fuerte a anís, desde mis pies hasta el último rincón de mi cabeza.

De los últimos días me acuerdo bien. A los anteriores (ni siquiera sé cuántos), los tengo borrosos. Recuperé la conciencia en la Sala de Terapia Intensiva. Ajustando el foco de la memoria apenas alcanzo a distinguir ciertas figuras, algunas sensaciones.

Mis recuerdos de ese período de inconciencia tienen el carácter de los de la primera infancia: algunas historias, a fuerza de haber sido escuchadas y repetidas se vuelven de carne. Palabras disfrazadas de imagen que fingen ser recuerdo. Sé, porque me lo contaron, que después de la operación estuve grave. En la muerte no quiero pensar: si no la olvido, podría imaginarse que la estoy llamando. Pero tengo la sensación de que anduvo revoloteando alrededor de mi cama, muy blanca, con cara de Greta Garbo desvistiéndose detrás de un biombo.

Me siento cambiado. Es raro haber perdido tantos días (y quién sabe qué otra cosa) así, escapados de la memoria. A veces, en el cine de mi barrio, el operador se equivocaba y mezclaba los rollos de la película: dos amigos íntimos se cruzaban sin saludarse, un hombre que había sido ajusticiado en la silla eléctrica raptaba a un niñito, los nacimientos precedían a los embarazos. Ahora, en la trama de mi conciencia, alguien cambió los rollos de lugar y se produjo un bache en el argumento. Lástima grande que la película que falta no me la pasen al final.

La primera persona que vi en la Sala de Terapia Intensiva fue una enfermera. Hacerle preguntas no sirvió de mucho.

—Con lo mal que está usted, tendría que estar inconsciente y no charlando —me contestó de mal modo—. Las cosas que hay que hacer por el sueldo que me pagan —agregó, mientras me sacaba la sonda urinaria.

Al lado de mi cama había un soporte sosteniendo una bolsa llena de líquido de la que salía un tubito terminado en una aguja insertada en mi brazo. El líquido goteaba en mi vena y yo no podía moverme mucho. Traté de desmayarme otra vez para darle la razón a la enfermera.

Ese mismo día me trasladaron a mi pieza y pude recibir visitas.

—Qué vergüenza —me dijo la Pochi en cuanto me vio—. Me dijeron que te quisiste escapar. Un hombre grande.

A pesar de las tres frazadas que tenía encima, los dientes me castañeteaban de frío.

—Es normal —me decía la Pochi, cariñosa—. Todavía estás en estado de shock.

A mí tanta normalidad no me servía de consuelo. Si un hombre se cae desde un décimo piso, lo normal es que se destroce contra el suelo, y nadie espera que eso lo tranquilice.

Me dijeron que mientras estuve inconsciente el doctor Tracer me vino a ver casi todos los días. Desde que estoy despierto no lo vi, pero el doctor Goldfarb me aseguró que lo tiene al tanto de mi evolución. Es linda la palabra evolución: suena muy positiva; hace pensar en algo que va hacia adelante o hacia arriba.

—Pégueme —fue lo primero que me dijo el doctor Goldfarb—. Pégueme que me lo merezco.

En ese momento yo no tenía fuerzas para obedecerlo, pero me prometí pegarle apenas me encontrase más repuesto.

—No sabe el bien que me va a hacer: me siento tan pero tan culpable. Lo confundieron con un paciente de otra habitación. Si yo hubiera estado presente, ese error no se hubiera cometido.

Y como para demostrarme que la operación no había tenido nada que ver con mi intento de fuga, me firmó inmediatamente el formulario en el que solicito el pase de salida, es decir, la tarjetita rosa. Ya no me faltan más que la firma del dire y la foto. Pero para sacarme la foto voy a esperar que me crezca un poco el pelo que me rapó Cara de Caballo. Total, por ahora no me puedo mover y ya no tengo tanto apuro.

Aproveché las muestras de arrepentimiento del doctor Goldfarb para formularle una duda que me hormigueaba en la cabeza y había llegado a dolerme más que la herida.

—Doctor —le dije—. En la operación, ¿qué me sacaron?

El médico se puso pálido y le cambió la expresión.

—¿Quién le dijo que le sacaron algo? Seguro que anduvo escuchando pavadas. Usted es un inocente capaz de creerse cualquier cosa. —Y ya más repuesto añadió, guiñándome un ojo—. A usted, lo único que le falta es un tornillo.

A mí el posoperatorio me parece largo. El doctor Goldfarb, en cambio, está muy satisfecho y me asegura que estoy haciendo rápidos progresos. Aunque todavía no tengo diagnóstico, la operación ha permitido descartar una serie de enfermedades de nombres largos y difíciles.

—Cualquier día de éstos se nos cura y lo vemos saltando en una pata alrededor del Obelisco —me dice, alentador.

En algo está equivocado el doctor: cuando yo me cure, no pienso perder el tiempo saltando en una pata alrededor del Obelisco; voy derechito al Tropezón y me mando un pucherazo de gallina.

La enfermera jefe me demuestra una gran estimación de la que no me considero merecedor. Para hacerme olvidar en parte mi situación de semi invalidez, revisa la habitación por todos los rincones, tal como si yo estuviera en condiciones de esconder una botella de whisky en el taparrollos de la persiana o dentro del depósito del inodoro. A medida que nuestra relación avanza, me voy enterando de muchos detalles de su vida privada.

Sé, por ejemplo, que le gustan mucho las plantas de interior que ojalá tuviera una casa con jardín que como no la tiene ha cubierto de potus helechos y

71

enredaderas su departamento que ya parece una selva que está casada con un hombre bebedor y poco serio, que por las plantas de interior no siente nada, que a veces patea las macetas cuando se le cruzan en el camino que la hace sufrir y que una noche terrible en que llegó al hogar en estado de ebriedad le arrancó dos hojas al gomero grande y quemó con un cigarrillo uno de los tallos del potus.

Siente una gran admiración por el doctor Goldfarb, que por lo visto tiene un especial ascendiente sobre las mujeres, aunque tengan el pecho tan escaso como la enfermera jefe.

—Qué tipo simpático —dice la Pochi.

—Un gran médico y un caballero —dice la enfermera jefe.

Y las dos se ríen de sus chistes, que a mí cada día me parecen peores.

La doctora Sánchez Ortiz viene a verme de vez en cuando. Como no nos hablamos, me revisa en silencio y se va sin saludarme. Salía el otro día de mi cuarto cuando entró Ricardo.

—¿Quién es la histeriquita esa? —me preguntó.

Estaba tan enojado con él por el asunto de los remedios que no le quise contestar y me di vuelta mirando a la pared, donde hay unas manchitas que de tanto verlas ya son como amigas; una parece un caballo y otra una montaña.

Pero Ricardo sacó un fajo de billetes y me los puso delante de la nariz, como si lo mejor del dinero fuese su exquisito perfume.

—¿Te das cuenta de lo que es una buena inversión? En vez de tirar la plata en remedios te hice ganar unos cuantos mangos a la quiniela.

—¿A qué número jugaste? —le pregunté, contando la plata.

—Al cuarenta y ocho, qué pregunta.

Había ganado una suma importante y no se quedó más que con un pequeño porcentaje de comisión por haber elegido el número. El resto de la plata me la pidió prestada.

—Retener, retener, siempre retener —me dijo, cuando intenté negarme—. Cómo se ve que quedaste fijado en la etapa anal, petiso.

Y se volvió a guardar la plata en el bolsillo. Sin embargo quedó muy impresionado con el relato de mi operación.

—Los cirujanos son todos unos sádicos, pero si te operaron por algo será.

Desde entonces respeta mucho más lo que él llama los componentes somáticos de mi enfermedad.

La que está chocha conmigo es la monjita. Me mira con orgullo y alegría.

—Muchacho valiente ústed —me dice todas las tardes. Y me convida con pastillitas de limón.

Mi hermano está en viaje de vuelta. Qué ganas de verlo tengo. Ahora está en Río de Janeiro, donde se piensa quedar unos días para llegar tostado. No me da envidia porque esté en Río. Me da envidia porque está sano. Mi tía, en cambio, que me trajo su última carta, me envidia a mí.

Llegó con un brazo en cabestrillo.

—¿Qué te pasó? —le pregunté, un poco alarmado.

—Me fisuré un huesito de la muñeca: el ignorante del traumatólogo ni siquiera me quiso enyesar —explicó ella—. Quién sabe, a lo mejor me queda la mano arruinada para toda la vida —agregó esperanzada.

Apenas se enteró de mi operación, Iparraguirre pidió una tarde libre en el trabajo. Cualquier otro me habría hecho una visita de cortesía y aprovechado el resto de la tarde para irse a su casa o al cine. Iparraguirre, un hombre consciente de sus responsabilidades, me dedicó la tarde enterita. Me trajo saludos de los muchachos, que cualquier día de éstos se aparecen por aquí, tres docenas de orquídeas y una lapicera de oro con mis iniciales grabadas.

—Como la semana pasada se te venció la licencia y te despidieron, aprovechamos la plata de la indemnización para comprarte los regalos —me dijo—. Yo traté de organizar una colecta pero estamos a fin de mes y nadie tiene un mango. Eso sí, atenti: lo consideramos un préstamo de honor. Apenas salgas del hospital te devolvemos la suma íntegra.

Una desgracia: ya hay un montón de gente que no tiene ningún apuro en que yo salga de aquí.

La libretita donde anotaba mis Motivos de Queja no la puedo encontrar. Empecé a buscarla para anotar a una lauchita gris que se asomó el otro día a mi pieza. (Las ratas no me asustan por mí sino por las palomas.) A la libretita la tenía debajo de la almohada: la debe haber confiscado la enfermera jefe en una de sus visitas de control. No me preocupa: en parte porque contra ella no decía nada y en parte porque ya no tengo tantas quejas como al principio.

Después de todo esto es un hospital y cualquiera sabe que los hospitales son malos, que no hay gasas ni algodón, que a las enfermeras les pagan poco. Muchas circunstancias que empezaron siendo molestias se van transformando en costumbre. A las palomas, sin ir más lejos, les tomé cariño y ahora le pido siempre a la Pochi que les ponga miguitas de pan en el alféizar de la ventana.

Desde que el doctor Goldfarb me firmó el formulario (y yo que pensaba que ése sería el paso más complicado del trámite) me siento muy cerca de la liberación. Ahora todo depende de mí, es decir, de mi recuperación.

Por de pronto, ya puedo levantarme de la cama y estar un rato sentado en el sillón, aunque la herida todavía me duele bastante. La mandé a la Pochi con el formulario para conseguir la firma del director pero vino con la noticia de que el trámite es personal. Me pica la cabeza: señal de que me está creciendo el pelo. Cualquier día de estos lo mando a llamar al fotógrafo.

El doctor Goldfarb no se da por vencido con respecto a mi diagnóstico. Todos los días me hace sacar sangre y los estudios, análisis y radiografías se suceden a un ritmo intenso, agotador. Con tantos viajes a la sala de rayos ya me estoy haciendo amigo del radiólogo. Pocos me conocen por dentro tan bien como él. Me prometió regalarme una de las placas en las que salí más favorecido para que la ponga de adorno en la ventana.

Ahora que mi estado lo justifica, la Pochi se queda a dormir bastante seguido. Cuando pasa la noche aquí, duermo de un tirón, pacífico y contento. Si de repente abro los ojos, la oscuridad no me parece tan grande. Dormir solo no es lindo pero ya estoy acostumbrado. Dormir solo y enfermo es horrible.

La oscuridad se enrosca alrededor de los brazos y uno siente que se le mete por todas las grietas del cuerpo, que lo va hinchando y ennegreciendo por dentro. De noche todo duele más, el silencio pesa, es difícil reconocer la propia respiración, se escuchan sonidos inexplicables. Ni siquiera tengo un timbre para llamar a la enfermera.

Lo que no pude conseguir de la Pochi es que comparta mi indignación con respecto a la operación. Ella es partidaria de las soluciones drásticas.

—En primer lugar, si uno tiene que ir al cuchillo, cuanto antes mejor. Es ideal que te hayan operado ahora, cuando te sentías bien y estabas fuerte, y no más adelante en medio de una crisis —me dijo, en presencia del doctor, que asentía en silencio aprobando sus palabras—. En segundo lugar, a nadie le hacen lo que no se deja hacer.

En mitad de la noche me despiertan los ruidos que vienen del cuartito de la cocina. Si abro los ojos, no se me cierran más. Esta noche esperaba dormir de un tirón, en parte porque la Pochi se quedó a hacerme compañía, y en parte porque me acosté cansadísimo. Para sacarme un electrocardiograma de esfuerzo me hicieron rasquetear todo el piso de la oficina del director.

Cuando me asignaron la tarea sentí una gran emoción: era mi oportunidad de obtener la firma que me faltaba para sacar la tarjetita rosa. Lamentablemente el director (o, mejor dicho, el director suplente, porque el titular todavía no se ha recuperado de su enfermedad) no estaba. Fue un trabajo pesado: recién habían terminado de pintar y el suelo estaba muy manchado. Los pintores eran dos pacientes ambulatorios a los que les tenían que hacer el mismo estudio. Como uno de ellos había padecido un infarto y el otro sufría de insuficiencia coronaria, les dieron una tarea más liviana. Entre los internados hay mucha solidaridad: si los pintores hubiesen sido gente de adentro, seguro que se preocupaban por no manchar el piso. A los externos, en cambio, no les importa nada.

Tengo mucha sed y no puedo volver a dormirme. Siguiendo las instrucciones del curso de Control

Mental relajo uno por uno los músculos de mi cuerpo, tratando de aislar mi mente de los sonidos externos para escuchar sólo el ritmo de mi sangre. Teóricamente eso debería permitirme conciliar el sueño en pocos minutos. En la práctica, la sed y la curiosidad pueden más y sigo deplorablemente despierto. La fuente del sonido es sin duda el cuartito de la cocina y no, como pensé en un momento, la pieza del operado nuevo.

El operado nuevo es un desconsiderado que debe sufrir mucho pero que no tiene respeto por los demás. Anteayer lo trajeron del quirófano. Lo vi pasar en camilla por el pasillo, dormido como un ángel pero más grande, más gordo y más barbudo. Apenas se le pasó el efecto de la anestesia, de ángel no le quedó nada. Por los gritos me hacía acordar más bien a un animal raro, por ejemplo, una foca. Una foca con hambre.

Tanto se quejaba y tan fuerte que los otros enfermos del piso (privilegiados como yo, porque en este piso hay solamente habitaciones para dos o cuatro personas) decidieron nombrar delegados y formar una comisión para solicitar su traslado. No pude dejar de sentirme orgulloso de haber sido, cuando me tocó el turno, un operado discreto y aguantador.

El Presidente de la Comisión es un enfermo que está en el hospital desde hace mucho, mucho tiempo. Conoce a todos los médicos y las enfermeras, se sabe todos los chismes del hospital, y suele andar por los pasillos empujando el soporte de su bolsa de suero, que le gotea constantemente en el brazo. Yo lo conocí cuando me vino a traer el petitorio de traslado para que lo leyera y lo firmara. Me pareció apropiado: estaba redactado en términos correctos y también severos.

Pero los ruidos que escucho ahora no son gemidos de operado. Ni de puerta. (A la puerta de mi cuarto le falta aceite en las bisagras y chilla como un gato. A veces escucho de noche varios maullidos: serán otras puertas o, quizás, otros gatos.) Ahora se suman a la sed las ganas de hacer pis, y pensando en las malas noticias que me dio el Presidente de la Comisión me resulta todavía más difícil volverme a dormir.

Según él (y si él no lo sabe, entonces quién) al director suplente es muy difícil ubicarlo. Llega temprano a la mañana, firma y se va sin recibir a nadie. Una vez por semana se ocupa de los reclamos y los formularios. Aunque en un caso se trata simplemente de poner una firma y en otro de mantener un largo coloquio con los pacientes quejosos, todos deben esperar su turno en el mismo orden. Es necesario sobornar a la secretaria para conseguir una audiencia, hay que hacer cola toda la noche y, de todos modos, a los acomodados los atiende primero. Tengo que comunicarme con el doctor Tracer como sea: él firmó mi orden de internación y él tiene que sacarme de acá.

Está decidido: si no hago un cambio de aguas no voy a poder pegar los ojos. La Pochi duerme como un tronco; me levanto descalzo y camino despacito para no despertarla. Aunque los ruidos se siguen escuchando nítidamente yo trato de ser muy silencioso. Si la Pochi me oye me va a retar: por no despertarla para pedirle el agua a ella y por despertarla sirviéndomela yo.

Recién cuando vuelvo a mi cama en puntas de pie (para hacer menos ruido pero también para no apoyar toda la planta contra el piso frío) me doy cuenta de que la cama de la Pochi está vacía. Me confundió la almohada debajo de la frazada, una almohada gorda que se parece a la Pochi durmiendo.

Como dormí con ella varias veces (¡si me escuchara el novio!) ya le conozco las costumbres. Sé que suele tener insomnio: habrá ido al cuartito de la cocina a calentarse un poco de leche, o a dar una vueltita por los largos corredores del hospital.

Y dale con los ruidos, ahora mezclados con sonidos de voces. Una voz de hombre, una voz de mujer. No distingo las palabras. La curiosidad me agarra de las solapas del piyama y me hace levantar otra vez. En puntas de pie salgo al pasillo y me quedo parado al lado de la puerta de la cocina.

Debo haber hecho más ruido del que suponía porque la puerta se abre de golpe y aparece la cara furiosa del doctor Goldfarb. Mientras pone en orden sus ropas me grita tanto que le tiembla el bigote.

—Usted tiene prohibido, absolutamente prohibido levantarse de la cama, ¿me oyó? —dice, como si con semejantes gritos hubiese podido evitar oírlo.

Si el doctor sigue hablando en ese tono, va a despertar a todos los enfermos del piso. Una falta de consideración que la Comisión no dejaría de tener en cuenta. Lo que me parece incorrecto es el volumen: por lo que dice no me quejo, un poco de razón tiene.

—¿De qué sirve todo el esfuerzo que estamos haciendo por usted si no cumple con mis instrucciones? ¡Irresponsable!

Mirando por sobre el hombro y a través de la indignación del doctor Goldfarb veo en un rincón del cuartito, sentada sobre una mesita rebatible, a una mujer que se arregla el pelo y me esconde tímidamente la cara. Mi primera reacción es la comprensión y la indulgencia. El doctor es un hombre joven y atractivo. Que tenga algún asuntito con una enfermera no es de extrañar. Me siento generosamente cómplice. Pero él sigue vociferando contra mí sin prestar atención a mi buena disposición.

—Lo único que me faltaba: un paciente sin diagnóstico paseándose por los pasillos en la mitad de la noche. Cuando sepa lo que tiene, ¿qué me espera?

Tanta furia me obliga a sospechar. ¿Es posible que yo mismo esté involucrado de algún modo en los deslices del doctor? Trato de reconocer a la mujer que se refugia en la oscuridad. Y sí, es la Pochi. La buena de mi prima Pochi. Oscilo entre el asombro y la indignación hasta que veo al doctor Goldfarb enarbolar una jeringa: la aguja indicadora cae entonces decididamente en el sector "miedo". La Pochi, que más que prima es una amiga, trata de protegerme.

—No te pongas así, pobre muchacho —le dice al doctor—. Seguro que no lo hizo a propósito.

—¿Ah, no? ¿No lo hizo a propósito? ¡Y entonces qué? ¿Es sonámbulo ahora?

El doctor parece haber perdido de golpe todo su sentido del humor. Ni siquiera es capaz de guiñar un ojo. Por suerte la Pochi piensa en todo y en un minuto se le ocurre una solución que me evita la inyección de sedante. Entre los dos me traen el colchón y la almohada y lo ponen en el cuartito de la cocina, sobre los mosaicos. Por esta noche, el doctor me permite dormir ahí, así se evita que deba trasladarme (descalzo, sobre los mosaicos fríos) otra vez a mi pieza, por lo menos hasta que amanezca. Cuando el doctor Goldfarb me ve otra vez acostado, se tranquiliza y hasta vuelve a ser capaz de sonreír.

—No se me vaya a mover de acá hasta que lo vengamos a buscar —me dice—. Y que tenga lindos sueños.

—Si escuchás ruidos, no te asustes —agrega la Pochi.

Y se van a mi pieza.

Dormir aquí no es tan malo. El piso tiene sus ventajas y sus desventajas. Que sea duro es una ventaja: resulta beneficioso para la columna. Mientras trato de no pensar en las cucarachas (las hay en toda cocina que se precie), miro intrigadísimo la mesita rebatible del fondo. No me explico cómo podía sostener el peso de la Pochi: yo en casa tengo una igual y apenas apoyo cualquier pavada, se viene en banda.

Yo sabía que Iparraguirre no me iba a fallar. Los muchachos vinieron a verme todos juntos a la salida del trabajo. La visita me dio una gran alegría y también una diarrea muy fuerte, porque me cambiaron por laxante uno de los frascos de remedios.

Antes de los últimos sucesos había estado esperando esa visita con mucha ansiedad. Pensaba pedirles ayuda a los muchachos para salir del hospital. Tenía dos planes que quería consultar con ellos antes de ponerlos en práctica. Uno consistía en ponerme la ropa de cualquiera (de Puntín, por ejemplo, que es más o menos de mi tamaño y me da la impresión de que se baña más seguido que otros), dejarlo a él en la pieza vestido con mi piyama y salir disfrazado, mezclado con los demás.

El otro plan era más arriesgado y más simple: entre todos me sacarían por la fuerza. Pero las nuevas relaciones de la Pochi con el doctor Goldfarb me hicieron desistir de todo proyecto de fuga. Ella prometió usar su influencia para conseguirme en breve una recomendación que me permitirá ver al director suplente. Yo, que soy un buen ciudadano, opto por la legalidad siempre que puedo.

Cuando llegaron, mis compañeros estaban tímidos y no se animaban a entrar a la pieza. Lógico: a mí también me ponían nervioso los hospitales. Se quedaron amontonados en el pasillo, hablando en voz bajita y obstruyendo la circulación.

—Pasen —les decía yo.

Pero ellos no se decidían. Me puse contento cuando lo vi al Duque con la guitarra. Canta folklore que es una maravilla.

Iparraguirre entró primero para dar el ejemplo. Me apoyó la mano en el hombro y apretó fuerte.

—Te vas a curar pronto, pibe, te lo prometo yo —me dijo, con esa voz seria y profunda que se usa para darle confianza a los desahuciados.

Después fueron entrando los otros, de a uno. Todavía hablaban bajito y ninguno se dirigía directamente a mí, excepto para preguntarme cómo me sentía. La pieza se llenó de olor a limón: era el perfume que usa Cecilia para disimular la transpiración. A Cecilia, eso sí, nadie se anima a cargarla porque es la jefa de personal: si se hacen mucho los vivos, los vuelve locos con el horario.

Una chica que no conocía me entregó el ramo de flores con un beso en la mejilla. Lástima que por llevarle la contra a la enfermera jefe yo estuviera tan mal afeitado. Sospeché que se trataba de mi reemplazante: por algo estuvo tan cariñosa.

Poco a poco empezaron a tomar confianza y se largaron a contar chistes: Fraga y el Duque siempre tienen alguno nuevo. Tantos contaron y tan verdes que de a ratos me parecía estar en un velorio. Cecilia se reía más fuerte que los demás para demostrar que, aunque la hubieran ascendido, seguía siendo compañera.

—Cuando controla la planilla del horario, te juro que no se ríe tanto la muy turra —me dijo bajito Puntín.

Fraga sacó del bolsillo un largo pedazo de papel higiénico enrollado, donde habían escrito el poema compuesto en mi honor. El que escribe los poemas es el Duque, tiene una facilidad bárbara para la rima. En este poema rimaba vago con lumbago y fiacuna con vacuna.

Estaban especialmente alegres porque al día siguiente había asueto. A mí el trabajo nunca me entusiasmó, pero por lo menos tenía días de asueto, vacaciones y los fines de semana. En el hospital, en cambio, no hay domingo que valga.

Una de las chicas bajó a comprar algo para festejar y volvió con varias botellas de vino, pan y fiambre. En dos minutos me llenaron la cama de miguitas. Yo por el vino tenía miedo: si llegaba a entrar la enfermera jefe, ni pensar la que se armaba.

El Duque desenfundó la viola y empezaron a cantar. Los vasos no alcanzaban y muchos tomaban directamente de la botella. Puntín trató de hacerme tomar a la fuerza, pero yo tenía los dientes bien apretados y al volcarme el vino en la boca me ensució todo el piyama. Las manchas de vino, me preguntaba yo, ¿saldrán en el lavarropas?

Primero cantaron folklore, guiados por la voz finita y bien entonada del Duque. Yo trataba de seguirlos pero no me daba el aliento y me empezaba a doler la cabeza. En cualquier momento se podía aparecer el Presidente de la Comisión de Piso protestando por los ruidos molestos. Les pedí que bajaran la voz, pero estaban demasiado entusiasmados. Por falta de lugar no se armó un bailongo.

—¿Se acuerdan cuando lo vinimos a ver al flaco Mendocita? —preguntó Fraga.

Algunos se acordaban y otros no, porque hace ya muchos años que el flaco Mendocita se cayó de cabeza por las escaleras y los nuevos no lo llegaron a conocer.

—Callate, lechuzón —le dijo Cecilia, que es de las viejas y se acordaba bien de cómo salió del hospital el pobre flaco: con los pies para adelante.

—Con la excusa de la conmoción cerebral, el desgraciado del doctor nos hizo salir de la pieza en lo mejor de la farra. Y pensar la falta que le hacía al pobre flaco un poco de animación.

Para cambiar de tema Zulema se puso una de las flores en el pelo y empezó a zapatear a la española. El Duque la acompañaba con la guitarra y los demás formaron una rueda alrededor. "Olé", le gritaban. Desde la cama yo me estaba perdiendo lo mejor del espectáculo.

Mientras se pasaban una botella de vino empezaron a cantar esa musiquita que se oye en los estriptís. Zulema se sacó la flor del pelo y se la tiró a Puntín, que la olió hondo con cara de embobado. Después se sacó el saco y lo dejó caer con un movimiento que a ella debía parecerle lánguido y sensual.

—Que siga, que siga —gritaban todos.

Pero ella volvió a ponerse el saco riéndose y no les hizo caso.

—¿Qué médico te está atendiendo? —me preguntó Iparraguirre, que había tomado menos que los demás pero igual tenía el aliento bastante fuerte.

Le mencioné al doctor Tracer y al doctor Goldfarb. Iparraguirre movió la cabeza compasivo.

—Es un error: tendrías que estar en manos de mi primo Goyo: jefe de sala a los treinta pirulos, un carrerón.

—Perdón, pero nunca puede ser mejor que el doctor Basualdo, Gervasio Basualdo, un hombre mayor y con muchísima experiencia —intervino Cecilia—. A mi cuñada la sacó a flote cuando todos la daban por perdida.

Fraga, que también estaba escuchando, me recomendó a su oculista.

—Hay miles de cosas que al final son de la vista y los clínicos no se avivan. A un conocido mío lo iban a operar de un tumor en la cabeza y al final lo arreglaron con un buen par de anteojos.

Zulema conocía a un dentista muy bueno y Puntín se acordó de que tenía un plomero que venía a la primera llamada.

—Eso sí que es una perla —comentó Fraga.

Y todos estuvieron de acuerdo. El plomero de Puntín fue un éxito. Hasta yo tomé nota de su número de teléfono, pensando que en mi departamento siempre tengo problemas de humedad en las paredes.

Creo que lo mejor de la reunión fue la llegada de la monjita. Por la puerta entornada se asomó su carita de manzana arrugada y sonriente. Como es tan discreta, no quiso interrumpir y se hubiera retirado si entre Puntín y la chica nueva no la hubieran agarrado para meterla adentro de la pieza.

—¿Miedo usted tiene? —me dijo la monjita, un poco desconcertada pero tratando de demostrar que a pesar de todos los cambios hay valores en la vida que permanecen inmutables.

—Hágase amiga, hermana —le dijo Fraga, sin dejarme contestar.

Y la convidó con un vaso de vino. Pensé que no iba a aceptar, pero ella lo tomó tímidamente y bebió unos sorbos. Zulema volvió a llenarle el vaso enseguida.

Al principio la hermana permaneció silenciosa y apartada. Cuando el Duque volvió a tocar una zamba, no participó en el coro con los demás. Pero después de un rato, con su carita-manzana colorada como un tomate, pidió silencio. Y comenzó a recitar:

Erre con erre guitarra,
erre con erre barril,
qué rápido ruedan las ruedas,
las ruedas del ferrocarril.

Los muchachos le enseñaron a decir "María Chuzena su choza techaba" y la felicitaron calurosamente al despedirse.

Todavía no se habían ido cuando empecé a sentir los primeros espasmos y retorcijones. Ahora pienso que ya debía estar haciendo efecto el laxante que me pusieron en el frasco de los remedios. Apenas llegaron me había tomado una capsulita.

Me metí en el baño para aliviarme y también para descansar un poco. Cuando quise salir, me di cuenta de que me habían encerrado por fuera. Para serenarme respiré hondo y junté los dedos en la posición Psi, pensando que me iban a dejar salir enseguida. El bañito es muy chico y tenía la sensación de que las paredes avanzaban sobre mí. Por debajo de la puerta, los muchachos me pasaban papelitos que decían, por ejemplo, "Fuerza, hermano, fuerza".

Aguanté todo lo que pude, pero cuando me di cuenta de que pensaban irse dejándome encerrado, aflojé y me puse a gritar y a patear la puerta.

—Si cantás el arroz con leche te dejamos salir —decía Puntín, vengándose de más de una que yo le hice cuando estaba sano. Canté dos veces el arroz con leche y siete veces el arrorró hasta notar que los ruidos empezaban a disminuir.

A la mañana siguiente la enfermera jefe me abrió la puerta del baño con una de las ganzúas que suele utilizar en sus visitas de inspección. Caminé por la pieza tambaleándome y caí sobre la cama. Por primera vez desde que entré en el hospital, sentía una extraña sensación de libertad.

Yo pregunto: ¿cómo se las hubiera arreglado Papillon para guardar su "estuche" si cada dos por tres le hubieran hecho un colon por enema? Papillon está en el baño de la prisión cuando un compañero se acerca para pedirle que le guarde su estuche por unos días: tiene disentería. Él, que es un muchacho generoso, acepta introducirse los dos. No sé si hago bien en leer este libro: todo el tiempo me hace pensar en mis hemorroides. Debería volver a una de las novelas que me regalaron por error: transcurre en el Polo Norte y eso resulta refrescante. Desde muy temprano siento hoy una picazón que me recorre todo el cuerpo. Trato de no rascarme.

La Pochi se lleva cada tanto mis sábanas floreadas para meterlas en su lavarropas y tengo que usar las que tienen aquí. Son blancas, con algunos remiendos, pero no de polyester. Yo creí que me había acostumbrado y hasta les empezaba a tomar cariño. Sin embargo, ya les estoy echando la culpa de la picazón: quién sabe qué tuberculoso las habrá usado. Otro fracaso de mis ejercicios de Control Mental: por más que me relajo, no deja de picarme todo el cuerpo.

Dejo los libros sobre la mesita de luz y reviso las sábanas. Cuando veo a los bichos chiquitos y negros corriendo sobre la superficie blanca, pienso primero en una alucinación. Son tan chicos que las patitas no se distinguen. Se deslizan como gotitas de mercurio negro. Apelando a todos mis recursos consigo ejercer control sobre los movimientos espasmódicos de mi cuerpo. Siempre me desagradaron los insectos. A las avispas les tengo miedo. Los grillos y las langostas no me gustan ni medio. Los caracoles no son insectos pero me dan asco. Estos bichitos negros caminando sobre mi cuerpo me aterrorizan.

Para dominar el pánico es mejor mantenerme así, inmóvil, tratando de olvidarlos. No existen. No son reales. Son un producto de mi fantasía. Son bichitos made in bocho, trato de pensar, mientras los siento deslizarse sobre mi piel como si fuera una pista de patinaje. Y la picazón, sin parar.

A la hora de costumbre pasa la enfermera de la mañana. ¿Se lo digo? Tengo miedo de que se ría de mí, de que me grite, de que se enoje, pero sobre todo tengo miedo de que no vea lo mismo que veo yo.

Por suerte ella no necesita más que mi silencio y una mirada a mi cama para hacerse cargo de la situación.

—¡Sarnoso! —me dice con desprecio—. Las cosas que hay que hacer por el sueldo que nos pagan.

Y se va a llamar a la enfermera jefe, levantando el ruedo de su guardapolvo blanco como si en lugar de cubrirle apenas las rodillas, se arrastrara por el piso infectado. Entonces, los bichos son reales. Un escándalo: lo primero que le voy a reclamar al doctor Tracer en cuanto lo vea (¿lo veré?) es un poco más de higiene. A mi libretita de anotaciones no la extraño: hay quejas que no se olvidan.

La enfermera jefe, una mujer de agallas, no se asusta cuando ve a los invasores. En realidad, ni siquiera se sorprende. Toma uno de los bichitos entre el índice y el pulgar y lo examina con una lupa. Parece que le gusta lo que ve, porque sonríe como si se hubiera encontrado con un viejo conocido.

Es una vergüenza, me dice, que un hombre grande como yo se asuste por unos bichitos tan chiquitos que son animalitos de Dios y también tienen derecho a vivir en este mundo que una persona como ella amante de las plantas está acostumbrada a tratar con los insectos que algunos serán una plaga pero otros son un beneficio para los vegetales y para toda la comunidad como por ejemplo el gusano de seda que también es un bicho.

—Le vamos a desinfectar la pieza —me explica—. Se hace todos los años: son los piojos de las palomas.

Me pongo un piyama limpio y me siento afuera, en un banco del pasillo, a esperar que llegue el personal de desinfección. Parece que todos los años les deshacen el nido a las palomas y ellas vuelven a armarlo siempre en el mismo lugar. Antes las quería y las envidiaba. Ahora las odio pero las compadezco: yo, que corro peligro de que me desalojen, las comprendo bien. En la jerga del hospital, a esta habitación la llaman "La Piojera". Haberlo sabido.

—Arriba las manos y afuera la lengua —me dice el doctor Goldfarb que pasa en ese momento por el pasillo, apuntándome con el dedo como si fuera un revólver.

De golpe, una revelación: ésta es mi oportunidad. Y a la oportunidad hay que cazarla de las orejas. Le propongo al doctor Goldfarb (distraídamente, como si no tuviera mucha importancia para mí) que me dé un pase transitorio para irme a mi casa mientras ponen la pieza en condiciones. Nada tan formal como la tarjetita rosa, nada tan irrevocable. Un papelucho sin importancia, válido solamente por veinticuatro horas.

—De ninguna manera —dice el doctor Goldfarb muy serio—. Eso es competencia del director. Yo no puedo autorizar que un paciente mío se vuelva a la casa enfermo —y agrega, guiñando el ojo izquierdo—: ¡O muertos o curados!

Con la ayuda de la enfermera jefe, el doctor trata de encontrarme otra ubicación en el hospital, una cama donde pueda esperar que termine la desinfección. Si pretenden hacerme quedar un solo día en la Sala de Hombres, me voy a resistir. Los internados no son mala gente, pero tengo la impresión de que son muy duros con los novatos. Estar allí por un día solo me obligaría a pasar por todas las penurias de la iniciación sin llegar a disfrutar nunca de las ventajas de los iniciados.

Pero ni siquiera en la Sala General hay una cama libre. El hospital está completo, lleno de enfermos hasta el tope.

—¿Qué pasa? —pregunto yo, que hace mucho que no leo los diarios—. ¿Hay una epidemia?

—No, qué epidemia —se queja la enfermera jefe—. Es que al final no se puede atender bien a la gente. Se sienten tan cómodos que ya no se quieren ir.

—No es sólo eso: también uno les va tomando cariño, diga la verdad —dice el doctor, palmeando amigablemente sus anchos hombros—. ¿O me va a decir que a sus preferidos usted los deja irse así nomás? —y guiña un ojo.

En todo caso, tenemos que enfrentarnos con una realidad inmodificable: en el hospital no hay lugar para mí. Temo que si siguen entrando enfermos pronto me pongan un compañero de pieza. Yo no soy egoísta, pero en mi cuarto prefiero estar solo. Supongamos que me toque un compañero que no grite de noche. Supongamos que no se le dé por ocupar el baño a las mismas horas en que lo necesito yo. Supongamos que no sea sucio ni desordenado. Supongamos que la Pochi se pueda quedar a dormir de todos modos (aunque lo hace cada vez con menos frecuencia). Supongamos que nunca me use el cepillo de dientes. Supongamos que ni siquiera sea contagioso. Aun así la idea de recibir otra vez visitas ajenas me resulta intolerable. A mi pieza, últimamente, entra poca gente, pero todos vienen a verme a mí.

El doctor se sienta al lado mío y con la cabeza entre las manos busca una solución a nuestro problema. Mi casa y el hospital están excluidos. En su consultorio privado dice no tener lugar para mí. Por fin se le ocurre una idea en la que un interlocutor avisado, como yo, puede descubrir la influencia de la Pochi y su gran sentido práctico. Decide poner a mi disposición una de las ambulancias del hospital para que me lleve a pasear por la ciudad mientras desinfectan la pieza.

—Por favor, no lo vaya a tomar como una muestra de desconfianza —dice, mientras ajusta las correas que me atan a la camilla—. Es una simple precaución a la que nos obliga el reglamento.

Mientras me ubican en el vehículo, el doctor habla con el chofer. Las instrucciones son claras: debe llevarme a pasear durante todo el día y traerme de vuelta al hospital a las ocho en punto de la noche. Le recomienda evitar las calles del centro en razón de los gases tóxicos que despiden los vehículos y, por razones similares, la zona del Riachuelo. Le aconseja en cambio que me lleve a Palermo y a la Costanera, donde el aire es más puro.

Me gusta el chofer. Es un hombre sencillo, peludo y amable que me trata con respeto. Charlando, entramos en confianza y me pone al tanto de algunas de las cosas que pasan en el hospital. Parece muy bien informado. Es lógico: él se entera de lo que se cocina entre bambalinas. Los enfermos nos tenemos que conformar con el espectáculo. Presto mucha atención para pasarle datos al Presidente de la Comisión de Piso.

De la enfermera jefe no habla mucho: se ve que es un hombre discreto y le tiene aprecio o, tal vez, un poco de miedo. Contra el doctor Goldfarb se despacha. Si le tengo que creer, el doctor es un picaflor y un veleta: no deja títere con cabeza. Hasta tiene pendiente un sumario por haberse metido con una paciente menor de edad.

—Por lo menos la piba esa estaba buena —aprueba el chofer—. Pero al doctor le da lo mismo cualquier cosa, es capaz de pirobarse una puerta. Con decirle que se le tiró a la enfermera jefe.

Esta última hazaña me parece en verdad inconcebible y me siento muy aliviado (por el doctor) al saber que no logró consumar sus propósitos. A la Pochi no le va a gustar enterarse de estas historias. Contárselas ¿es mi deber? No sé, no sé, la Pochi me aseguró que está muy cerca de obtener para mí la deseada entrevista con el director. Si rompe con el doctor, temo que pierda parte de su influencia.

De los temas generales pasamos con el chofer a los temas personales. Me cuenta, así, algunos detalles interesantes sobre su trabajo y su vida privada. Con el sueldo que le pagan no le alcanza para nada, entre otras cosas porque está pagando las cuotas de un departamento que compró para casarse.

—Ese departamentito de morondanga me está saliendo más guita que una francesa loca —se confía—. Por eso tengo que aprovechar la ambulancia para hacer algunas changuitas.

Hoy le toca un reparto de prepizzas. Paramos junto al cordón y el chofer se quita la bata blanca. Sus brazos peludos saliendo de las mangas de la camisa a cuadros son tranquilizadores. Con la bata, en cambio, parecía un carnicero.

—Si me da su palabra de no escaparse, le desato las correas y me da una manito, así se siente útil. Yo sé lo que es estar enfermo: lo peor es sentir que uno no sirve para nada.

En la panificadora levantamos las cajas de prepizzas. Me siento satisfecho al ver que están correcta y herméticamente envasadas. Por un momento temí que un reparto de prepizzas no fuera una tarea lo bastante higiénica para realizar en ambulancia.

El reparto está muy bien organizado. Cuando los almaceneros escuchan la sirena de la ambulancia salen a la calle a recibir la mercadería. Eso le ahorra mucho tiempo, sin contar los semáforos que pasa en rojo con la sirena a todo lo que da.

Al final del día me siento absolutamente agotado y a duras penas logro alcanzarle al chofer las últimas cajas. Me pregunto si tanto ejercicio me hará bien.

—A usted esto le viene un kilo —dice el chofer, como si hubiera escuchado mi pregunta—. Con la sudación, la enfermedad se le va saliendo por los poros.

Cuando me trae de vuelta al hospital es ya muy tarde. Me ayuda a subir las escaleras llevándome a babuchas y me deja en el pasillo que da a mi pieza. Quedamos en volver a vernos pronto. Es un buen muchacho. Un aliado motorizado dentro del hospital puede llegar a ser muy útil.

Entro a mi pieza con cierta aprensión, dispuesto a deshacer completamente mi cama para controlar la ausencia de animalitos de cualquier especie paseándose sobre las sábanas. Apenas abro la puerta, una vaharada de formol me hace retroceder y ya no tengo que revisar nada: ningún ser viviente podría haber sobrevivido en esa atmósfera, apta sólo para conservar cadáveres. Después de eliminar el nido de las palomas, el personal de desinfección ha impregnado los colchones con formol. El aire tiene un espesor y una rigidez metálicas: se asienta en los pulmones con la delicadeza de un bloque de plomo.

Estoy parado en la puerta de la habitación, dudando, cuando una de las nocheras me ve y se acerca para ayudarme. Está de muy mal humor. Apuntándome con la linterna me hace retroceder hasta forzarme a entrar en la pieza y se pone delante del vano de la puerta para cortarme la retirada.

—¿Adónde estuvo todo el día? —me pregunta de mal modo—. ¿Por qué volvió tan tarde? El doctor Tracer pasó a las siete y no lo encontró. Me levantó en peso.

¡El doctor Tracer! Escuchar su nombre en boca de una enfermera me resulta tan sorprendente como oír a un demonio pronunciando el nombre de Dios en el infierno. La noticia me sacude: el doctor Tracer ha pasado hoy por el hospital; quién sabe cuándo le tocará su próxima visita.

—Usted tiene que tener un poco de respeto por la gente que trabaja —sigue la enfermera, recordándome, de paso, mi condición de vago—. Si no se mete enseguida en su cama, me va a comprometer a mí.

Los vapores de formol están haciendo de las suyas con mi pobre cabeza. Pero no tengo opción. Sé que el chofer está de guardia y que me permitiría dormir en la ambulancia. Sé también que por las noches suele alquilarla por horas a jóvenes parejas. Ser un tercero en estos casos puede resultar incómodo.

Mareado, llego hasta mi cama y caigo desplomado sobre el colchón como un títere al que le cortan los hilos de un sablazo. Pensando en la carta que voy a escribirle al doctor Tracer (me importa justificar mi ausencia) para que la Pochi se la lleve, me quedo dormido o, tal vez, semidesmayado.

Por fin me consiguió la Pochi la famosa recomendación para ver al director. Ese mismo día me hice mandar al fotógrafo de la maternidad para que me sacara la foto que va en la tarjetita rosa. La entrada del fotógrafo coincidió con una de las raras (y cada vez más raras) visitas de la Pochi. Al principio se quedó mirándonos un poco asombrado: era evidente que no coincidíamos con sus clientes habituales. Pero enseguida se rehízo y asumió su rutina profesional.

—Es una lástima que no me hayan llamado antes, señora —le dijo a la Pochi, observando mi cabeza.

Desde que me la afeitaron para la operación el pelo ha crecido bastante y parezco una especie de puercoespín.

—Una verdadera lástima, señora, haber dejado pasar tanto tiempo: ¡peladitos son tan amorosos!

A los dos días me entregó las copias, que salieron bastante bien. Ya las adjunté con un clip al formulario.

Sin embargo, la entrevista con el director todavía está lejos. Todo lo que consiguió la Pochi es una carta de recomendación para el titular, que por el momento sigue ausente.

—Es mucho mejor así —me dijo, para consolarme—. El director suplente no es una persona accesible y quién sabe si hubiera autorizado tu egreso.

Es curioso, pero ya no tengo tanta urgencia por conseguir el pase de salida. Esta pieza, que al principio me parecía tan incómoda, ya es mi casa. En el hospital tengo amigos y conocidos. Afuera, ¿quién se acuerda de mí? Ya ni siquiera mi tía viene a visitarme y me manda con la Pochi las cartas de mi hermano. Desde que está en Brasil vienen tan censuradas que apenas quedan el saludo inicial y el abrazo de despedida. Las farras que se estará mandando este desgraciado.

Ahora que ya tengo la carta de recomendación, no tuve inconveniente en contarle a la Pochi las cosas que sé sobre el doctor Goldfarb. Entre otras, que es un hombre casado. A ella no pareció preocuparle mucho.

—Rompí con ese señor —me dijo—. Es una mente brillante, pero le falta capacidad de amar.

Mi diagnóstico parece tan lejano como el primer día. Un día me sacan sangre del brazo izquierdo y el otro del brazo derecho. Ya los tengo tan llenos de pinchazos que parezco un drogadicto de las películas.

Me han hecho innumerables análisis de materias fecales, de esputo, de semen, de orina, de transpiración, de la cera que se acumula en mis oídos, de la secreción mucosa de mi nariz, de las lágrimas, de la materia levemente grasa que exuda mi cuero cabelludo.

Me sacaron radiografías de pulmón, de intestino, de estómago, de huesos, de hígado, de páncreas y de otros órganos diversos; me hicieron arteriogramas, cateterismos, centellogramas, electroencefalogramas y electrocardiogramas, dos de ellos de esfuerzo. (Para el segundo tuve que rescatar la pelota con que los médicos juegan picados en el patio del hospital y que siempre va a parar al fondo de un vecino.) También pasé por varias endoscopías, una tomografía axial computada, y otros exámenes cuyos nombres ya no recuerdo.

Pero ahora el doctor Goldfarb ha decidido emplear conmigo un método nuevo y para eso han dejado de hacerme pruebas, análisis y estudios al azar o relacionados con mis muy variados síntomas. Desde la semana pasada se está haciendo un examen exhaustivo de cada una de las partes de mi cuerpo, empezando por los dos extremos, la cabeza y las extremidades inferiores. A la altura del esternón, los resultados deberían coincidir en un diagnóstico definitivo. Ayer, por ejemplo, me hicieron un nuevo electroencefalograma y me tomaron muestras de los hongos que tengo entre los dedos de los pies.

—¿Doctor, cuándo vamos a terminar con los análisis?

—Piense un poco —contesta él, como si yo pudiera hacer otra cosa que pensar y pensar—. En el mundo se realizan continuamente nuevos descubrimientos a nivel de diagnóstico clínico. Todos los días, en algún remoto lugar de la tierra, un abnegado investigador (que no siempre cuenta con subsidios de su gobierno) descubre algún nuevo estudio, un método de análisis nunca antes experimentado. Ese método será ensayado en primer lugar en animales de laboratorio, como cobayos y aves, luego en monos y finalmente en seres humanos. Los resultados se llevan a congresos internacionales, se publican en revistas científicas, se divulgan poco a poco entre los especialistas correspondientes y llegan por fin a usted. Y quiere que yo le diga cuándo vamos a terminar con los análisis. Vamos, hombre, es casi un insulto. Es como si me preguntara cuándo vamos a terminar con la ciencia médica, o cuándo vamos a terminar con la civilización occidental.

Y el doctor Goldfarb me guiña el ojo izquierdo. Yo me pregunto, el ojo derecho, ¿no lo podrá guiñar?

—Qué ojeroso se lo ve —dice Madame Verónica solícita—. Usted no está durmiendo bien de noche, dígame la verdad.

Madame Verónica es una persona muy importante. Su poder sobre mí es tan grande que toda muestra de respeto me parece insuficiente: es la dueña de mi departamento. De su buena voluntad depende mi futuro.

Tiene cincuenta y cinco años y el pelo teñido de negro con reflejos azulados. Si fuera valiente le diría que ese color no va con su cutis de pelirroja blanco leche y con un vello rubio muy espeso que resalta al trasluz. Prefiero ser cortés: una palabra equivocada sería irreparable. Me gustan sus ojos, muy grandes y azul-violeta, igualitos a los de Elizabeth Taylor. La hija no los heredó.

—Qué lindos ojos tiene usted, Madame Verónica —le digo.

—No hace falta que se ponga zalamero —dice la hija—. Usted, a mamá, ya se la tiene comprada.

—Ay —dice Madame Verónica—. No sabe lo que me pasa por adentro de verlo así. ¿Cómo se siente?

—Bastante bien —contesto yo, para que no crean que estoy tratando de que me tengan lástima. Pero desmiento mis palabras con una mueca de dolor porque estoy tratando, precisamente, de que me tengan lástima.

De mi habilidad, de mi poder de persuasión, depende la posibilidad de conservar el departamento unos meses más. Estoy dispuesto a adular, a gritar, a sonreír, a comprender, a mentir.

Madame Verónica es una señora viuda que se dedica a la enseñanza del francés. Por eso la llaman todos Madame Verónica. Si pudiera hablar solo con ella, mi tarea sería más sencilla. Estando la hija presente, ya no sé cómo empezar. Ellas no hablan de departamentos ni de contratos, sino de enfermedades, operaciones y radiografías. En otra oportunidad, el tema me resultaría fascinante. Gracias a mi estadía en el hospital he adquirido un vocabulario que le daría envidia a más de un visitador médico. Finalmente, soy el primero en referirse al vencimiento del contrato.

—Yo vine solamente para hacerle compañía y no para hablar de negocios —dice Madame Verónica.

—Además, renovarle el contrato es imposible —agrega la hija.

—Hija, no hables así, ¿no ves que el señor está enfermo?

—Yo contra usted no tengo nada —me dice la hija—. Pero el departamento está bastante deteriorado. Lo menos que podría haber hecho en todos estos años era pasarle una manito de pintura. Lo menos.

—Por favor, no quisiera que se forme una mala impresión de mi hija. Usted sabe cómo son los jóvenes, piensan primero en ellos.

—Mi mamá es muy buena, pero a veces no sabe defender sus intereses. Mire, le propongo una cosa:

yo le voy a plantear el caso imparcialmente y usted mismo me va a decir quién tiene la razón.

La hija de Madame Verónica es demoledoramente imparcial. Tanto, que cuesta creer que pueda tener algún interés personal en el asunto. Describe el caso con términos jurídicos, rigurosos, desapasionados. En vez de decir "mi mamá" dice "el locador".

Mientras habla, la madre la mira con orgullo aplaudiendo con discreción ciertos párrafos. Otros los repite a coro con ella, moviendo los labios sin emitir sonido. La chica habla de corrido, muy rápido, sin dar lugar a interrupciones. Por las inflexiones estudiadas de su voz y los ademanes con que acompaña algunas palabras, tengo la sospecha de que está recitando de memoria.

En los pasajes más notables por la retórica de la frase o por la contundencia de los argumentos, Madame Verónica me roza levemente el codo para que no me distraiga y los aprecie en todo su valor.

—Ya está en quinto año de derecho —me dice bajito en el oído.

La hija termina su exposición con una opción tajante. O firmo el contrato de desalojo y quedamos amigos, o me inicia un juicio que no tengo ninguna posibilidad de ganar. Si me decido por el juicio y lo pierdo, tendré que pagar las costas más daños y perjuicios.

En el discurso hay un breve párrafo final separado por una larga pausa que debe haber sido una nota al pie en el manuscrito original. Ese párrafo se refiere a las condiciones de abandono en que se encuentra la propiedad, incluyendo la rotura del depósito del baño. Gracias a ese detalle me entero de que entraron al departamento con un abogado. La Pochi les abrió la puerta.

—Qué buena chica es su prima. Un encanto: se parece un poco a usted —dice Madame Verónica.

Analizando el discurso de la estudiante de abogacía, lo encuentro inobjetable. Imparcialmente, ella tiene razón. Pero (en este único caso) a mí no me interesa la imparcialidad: lo que me interesa es mi departamento y ésta es mi última oportunidad de retenerlo.

Tengo preparados varios argumentos que me propongo enumerar en forma ordenada. No todos ellos son lógicos, no todos están dirigidos al intelecto de mis interlocutoras y sí a su sensibilidad. Pero me siento confuso, mareado, y las palabras se mezclan en mi cabeza como en el vaso de una licuadora: el resultado es una papilla inconsistente en que las vocales se confunden con los significados. En lugar de un discurso coherente, sólido, se escapan de mi boca palabras disparatadas que flotan locas en la habitación chocando contra el cielo raso.

Me dirijo a Madame Verónica, que parece estar de mi lado. La sé justa pero benévola: en dirección a su generosidad trato de encaminar mis argumentos. Quisiera recordarle que la nuestra podría haber sido, como tantas, una árida relación inquilino-locadora: nuestra afinidad espiritual le ha insuflado, en cambio, una cálida simpatía. Ella atiende cortésmente y asiente de vez en cuando.

Al principio Madame Verónica no me quita los ojos de la cara, como si para entender mejor mis palabras tuviera que complementar el sonido con el movimiento de mis labios. Después de unos minutos se hace evidente para los tres que nada sensato saldrá de mi boca. No podría callarme, sin embargo: mi propio caos verbal me asusta menos que el silencio, el terrible silencio que, lo presiento, seguirá a mis palabras. Trato de reencontrar el hilo de mi argumentación que se enmaraña en un ovillo sin principio ni fin.

Al fin, Madame Verónica se distrae y ya no vuelvo a retener su mirada, que se posa aburrida en los distintos objetos de la habitación hasta descubrir algo digno de su atención: una manchita de tinta en su cartera. Saca un pañuelo blanco, moja un extremo en saliva y se concentra en frotarlo despacito contra el cuero.

La hija tiene sobre sus rodillas una carpeta abierta llena de papeles, algunos manuscritos y otros impresos a mimeógrafo. Mientras hablo, ella va subrayando con un lápiz ciertos párrafos de lo que lee. Es posible que el subrayado tenga relación con lo que estoy diciendo. También es posible que ni siquiera me esté escuchando.

Me he lanzado cabeza abajo por un abismo de palabras sin sentido y nada puede detener mi caída, ni siquiera la entrada de la enfermera jefe. Tan acostumbrado estoy a sus visitas de control que puedo seguir hablando (la dicción confusa, la boca y la garganta secas) mientras pincha mi almohada con una larga aguja de tejer buscando algún objeto prohibido escondido en el relleno. Maneja la aguja hábilmente, clavándola por encima y a los costados de mi cabeza con la precisión de un tirador de cuchillos. Madame Verónica y su hija, que nunca la habían visto en acción, observan su actividad fascinadas, como entomólogos que tratan de descifrar un lenguaje en el vuelo de las abejas.

Después de atravesar con su aguja el bolso de red de la hija y el peinado batido de la madre, la enfermera jefe le quita la cartera de las manos y hurga en su interior. Saca un paquete de cigarrillos, un pedazo de algodón, varias boletas de compras, una billetera, fósforos, cáscaras de maní y bastante pelusa. En un bolsillo con cierre relámpago encuentra una botellita de cognac de colección y la levanta en alto, mostrándomela triunfalmente.

—Es como yo digo —se dirige sólo a mí—. Las visitas son todos unos inconscientes.

La hija de Madame Verónica está tan asombrada que no atina a decir nada. "Quiero ver su orden de allanamiento" parecen gritar sus ojos marrones muy abiertos. Me pregunto por qué no habrá sacado el azul-violeta de la madre. Interrumpiendo mi absurdo discurso, intervengo para lograr que la enfermera jefe prometa devolver la botellita a la salida. Ella firma un recibo, pega en el frasquito una etiqueta amarilla y se va dando un portazo que hace caer un trozo de mampostería.

Terminada la requisa, vuelvo al motivo de mi angustia. Para no seguir perdiendo el tiempo, le exijo a Madame Verónica que se defina, dejando claro que toda resolución en mi contra puede agravar mi estado de salud.

—Todo esto es muy penoso para mí —dice Madame Verónica—. Usted me hace sentir como un verdugo. A mí, que lo aprecio tanto.

—No te pongas así, mamita, no vale la pena —la hija la abraza y la consuela.

—Hijita, hijita, me falta el aire —dice ahogadamente Madame Verónica.

—Dios mío, con lo delicada que está mamá no tendría que haberla dejado venir —y le hace tragar a Madame Verónica una pastillita que saca de su bolso.

—Yo no quiero ser mala con usted, yo quiero ser su amiga —solloza Madame Verónica—. Para el resto de los trámites es mejor que se entienda directamente con mi abogado.

—Le va a gustar —asegura la hija—. Es un señor muy fino, muy inteligente. Hasta escribe poemas.

—Pero si no me puedo mover de aquí, ¿cómo voy a desalojar el departamento? ¿Adónde voy a poner todas mis cosas?

Ante mis preguntas Madame Verónica y su hija se tranquilizan al punto de recobrar la actitud de afectuoso respeto con la que entraron en la habitación. Se miran alegres. La madre estrecha la mano de su hija en un orgulloso gesto de felicitación. La joven parece darle al apretón un sentido más celebratorio. Si yo no estuviera presente, creo que se abrazarían.

—Ésos son detalles, pequeños detalles —dice Madame Verónica, radiante—. Con buena voluntad todo se soluciona.

—Algo ya hablamos con su prima Pochi: aquí mismo en el hospital hay un muchacho que se encarga de hacer mudanzas los fines de semana. Es el que maneja la ambulancia: usted arregla con él y listo el pollo —agrega la hija.

—Por otra parte usted sabe que su prima está de novia, por casarse, y sus muebles le vendrían muy bien. Ahí tiene la oportunidad de hacerle un lindo regalo a esa chica que tanto se ocupa de usted.

En ese momento se asoma a la puerta el practicante que viene como todos los días a sacarme sangre. Cuando ve que estoy con gente, se retira discretamente. Pero no lo bastante rápido como para evitar que Madame Verónica alcance a ver la jeringa y la bata manchada de sangre. Se pone muy pálida y empieza a hacer arcadas.

—Mejor nos vamos —dice la hija—. A mamá la impresionan mucho los hospitales. Cuando lo vea a nuestro abogado, pídale que le recite un soneto.

Madame Verónica y su hija se van. En la cartera de Madame Verónica la manchita permanece inalterada. No sé cómo se le pudo ocurrir tratar de sacarla con saliva. Si me hubiera preguntado a mí yo le hubiera explicado que el cuero se limpia con solvente.

Queda sin resolver otra cuestión: adónde poner todo lo que tengo en el departamento. No son sólo los muebles. Están también mi ropa, mis libros y muchas otras cosas que no podría agrupar en una clasificación exacta pero que, cerrando los ojos, veo desperdigadas por la pieza en que vivía. Por ejemplo, un mate peruano, un florero, mi colección de Popular Mechanics, un afiche de Einstein y una maceta con un helecho que quién sabe si alguien riega desde que yo no estoy.

Aunque todavía no sabe nada sobre mi enfermedad, mi hermano me escribe ahora al hospital. Mis tíos se limitaron a darle la nueva dirección, sin agregar detalles.

Las cartas tardan mucho, a veces más de un mes, y me llegan abiertas pero sin tachaduras: la enfermera jefe no considera necesario censurarlas. En cambio me pidió permiso para leérselas a su marido, un gran admirador del Brasil. Misterios del corazón humano: me asombra que un hombre que no siente cariño por un potus o un gomero pueda interesarse por un país donde la vegetación es exuberante y tropical.

Después de leerlas en su casa, la enfermera jefe hace circular las cartas entre algunas subordinadas y sus pacientes favoritos. Encuentro a veces algunas frases subrayadas y signos de admiración o notas de los lectores en los márgenes.

Mi hermano está contento en Río: eso me gusta. Tan contento que tiene ganas de quedarse: eso no me gusta. Insiste en remarcar las bondades del clima y de las vitaminas que contienen los frutos tropicales. Si consigue una tarea bien remunerada y con mucho tiempo libre, se queda en Brasil. De lo contrario prefiere volver: afirma extrañar la pizza y ciertas calles de la ciudad.

Desde que terminó su asunto con el doctor y decidió retomar con nuevos bríos su noviazgo, la Pochi ya no se queda a dormir en el hospital.

—Por suerte vos no me necesitás: por suerte —me dijo la última vez que la vi: yo tenía mis dudas—. Mejor me reservo para cuando te sientas realmente mal.

Se reserva tanto que ya casi no la veo. Ahora lamento haberle confiado la carta para el doctor Tracer. Quién sabe si se ocupó de mandarla. En realidad ha pasado tanto tiempo desde mi internación que no puedo culparla por hacerse la rabona.

En el hospital hay muchos problemas generales, tales como la mala comida y la falta de personal. Y un problema particular muy grave: la pelea entre la doctora Sánchez Ortiz y la enfermera jefe.

El conflicto causa un sinnúmero de dificultades a los pacientes. La enfermera jefe es muy buena a pesar de su aspecto severo pero está tan enojada con la doctora que es capaz de matarle un enfermo nada más que para hacerla rabiar.

Si la doctora ordena, por ejemplo, que le den a alguien dos inyecciones por día, la enfermera jefe se las arregla para transmitir la orden a varias enfermeras en forma simultánea. En lugar de dos inyecciones por día el paciente recibe cuatro o seis. Así algunas dosis se multiplican, otras se reducen, y ciertos medicamentos nunca se administran. Hay pacientes que beben líquidos que deberían recibir por enema, y otros reciben jarabes por vía rectal. Se inyecta merthiolate y se desinfectan heridas con compuestos de calcio.

Uno de los cirujanos se atrevió a reprocharle a la enfermera jefe su actitud, por desaprensiva y rencorosa. Desde entonces tenemos casos cruzados también en cirugía. El otro día, por ejemplo, entró de urgencia un matrimonio que había sufrido un terrible accidente automovilístico: en la operación, a él le rehicieron la cara de su mujer y a ella la de su marido.

En general estos tratamientos producen efectos más imprevisibles que letales. Ancianos deshauciados se curan ante la indignación de sus parientes y un muchacho que había entrado al hospital para donar sangre tuvo que ser internado en Terapia Intensiva. Por suerte yo no soy paciente de la doctora y la enfermera jefe me tiene gran aprecio.

Con respecto al problema de la comida y la falta de personal, la Comisión de Piso ha tomado cartas en el asunto y está haciendo lo posible por modificarlo. El Presidente de la Comisión es un hombre que inspira confianza. Aunque está enfermo, tiene fuerza en la mirada y en la voz.

Su tarea es muy compleja: cada paciente plantea sus propios reclamos y también los parientes quieren hacerse oír. A veces las quejas de los enfermos no coinciden con las que expresan sus familiares. Ordenar y normalizar ese confuso material en una lista coherente, sin redundancias, es una de las funciones más complicadas del Presidente.

Otros dos dirigentes de importancia están en permanente comunicación con él. Son el Representante de la Sala de Hombres y la Representante de la Sala de Mujeres. Un grupo de parientes de internados en Terapia Intensiva ha pretendido arrogarse la representación de la sala, pero se les ha dicho que deben esperar a que sus enfermos sean trasladados.

Maternidad es un caso aparte: como no se trata de enfermas y como, sobre todo, son internadas rotativas, no les interesa participar en el movimiento.

El conflicto existente entre las Salas Comunes y el Segundo Piso hace más difícil la tarea de armonizar las solicitudes. En efecto, una de las principales exigencias de las Salas consiste en terminar con los privilegios. Y casi todos los pacientes del Piso somos privilegiados.

Desde que el director titular está enfermo, dice el Presidente, muchos de los problemas ya existentes han empeorado. El puré es cada vez más aguachento. La carne, dura y escasa. Hay sospechas contra el personal de cocina. Por su parte, mucamas, médicos y enfermeras están a punto de iniciar una huelga para lograr mejores salarios.

Mi situación es especialmente delicada: estoy solo en una habitación de dos camas que tiene, además, baño privado. Me pregunto si debería participar en los acontecimientos. No, me contesto: yo estoy aquí de paso. Debajo del colchón guardo la carta de recomendación para el director titular, que me permitirá obtener el Pase de Salida. La leo y la releo: sus términos son corteses y elogiosos, pero el director no viene.

Doctor Tracer, ¿por qué me has abandonado?

Cuando entré por primera vez en este cuarto pensaba que poner afiches en las paredes me traería mala suerte: preparándome para una larga estadía, temía provocarla. Una semana era todo el tiempo que calculaba estar internado. Una semana, por otra parte, me parecía un lapso de infinita duración.

Recuerdo que deseaba solamente aquellas cosas que podían obtenerse en el exterior, como ir al cine o nadar en una pileta. Ahora me conformaría con que me cambien las sábanas más seguido y que la enfermera de la mañana no me grite. Y me alegro mucho de que mi prima Pochi me haya traído algunos de los posters que tenía en el departamento para alegrar la pieza. Lo que ya no tengo es el departamento.

Finalmente tuve que firmar el contrato de desalojo. ¿Qué otra cosa podría haber hecho? Cuando intenté resistirme el abogado me puso la lapicera en la mano y amenazó con llamar a una enfermera.

La cuestión del desalojo atrajo a mucha gente que no veía desde los primeros días de mi internación. Todos querían dar una mano. El chofer de la ambulancia se portó muy bien: a cambio de los muebles que la Pochi no quiso aceptó encargarse de la mudanza sin cobrar nada.

Ricardo se ofreció generosamente a cuidarme mi colección de Popular Mechanics y hasta mis compañeras de oficina se prestaron a organizar una rifa con mi heladera.

En la cama de al lado se amontonan varias ollas de acero inoxidable.

—¡Acero inoxidable, por favor! —se indignó la Pochi, cuando le propuse que se las llevara—. Podrías haberme consultado antes de comprarlas: en el acero inoxidable se pega todo.

Hay también una flanera, una cafetera muy abollada, una plancha sin el mango y una tabla de picar carne. Mi helecho se murió. La Pochi, que es tan sensible, no sabía cómo decírmelo.

El ropero, que es bastante chico, está atestado de ropa. Faltan solamente el gamulán nuevo y algunas camisas.

—El gamulán, ¿para qué lo querés? —me dijo la Pochi, tan práctica—. Te lo va a comer la polilla y lo mismo no lo vas a poder lucir. Mientras tanto lo puede usar mi novio. Le queda un poco grande pero, en fin, no es culpa tuya que él esté flaco.

Yo también estoy flaco ahora, y si me pusiera el gamulán me bailaría. Con las camisas no sé lo que pasó, en una mudanza siempre se pierden cosas, es lo normal.

Mi antigua cama, que es bastante angosta, está aquí mismo, dentro de la bañadera. No me animo a bañarme para no mojar la madera, que podría pudrirse. Posiblemente decida donarla al hospital, donde siempre faltan camas. Le tengo cariño por los recuerdos que conserva y me gustaría que quede en un lugar donde pueda verla seguido. La enfermera jefe se llevó el colchón.

—Va contra los reglamentos —me dijo, sin dar más explicaciones.

118

Me trajeron también muchos de los adornos que tenía en casa, dos macetas vacías, mi televisor, que es muy grande y hace años que no funciona, el paraguas roto dentro de su paragüero, varios vasos, un banquito de cocina con una pata menos y una espumadera.

—¿Qué piensan hacer con el equipo de sonido? —le pregunté al chofer de la ambulancia.

—Alguien se lo tenía que cuidar hasta que usted se cure —me explicó él—. Tiramos una monedita con su prima y quedamos en que se lo guardo yo.

Con semejante cantidad de objetos en mi habitación, la enfermera jefe tarda mucho más en completar cada una de sus visitas de control. Mientras ella busca y rebusca conversamos sobre las plantas de interior y los daños que causa la bebida en el ser humano. Siempre me tuvo simpatía, pero ahora nos estamos haciendo verdaderos amigos.

Los trastos amontonados son un juntadero de polvo. Ojalá tuviera fuerzas para pasarles una franela. El golpe de plumero que les da la mucama por las mañanas, mientras se queja de las cosas que tiene que hacer por el sueldo que le pagan, sirve solamente para cambiar el polvo de lugar.

El doctor Goldfarb, que es bastante alérgico, no puede entrar en mi pieza sin estornudar.

—Esto es peor que el polen de las flores —me dijo el otro día, apretándose la nariz con un pañuelo—. Diga que por usted soy capaz de enfrentar cualquier peligro —añadió, guiñándome el ojo izquierdo.

Cuando supe que entre los internados se había puesto en marcha un movimiento dispuesto a obtener la destitución del director suplente y una serie de mejoras en la conducción del hospital pensé en despedirme de mi buena y vieja habitación. Juzgando a todos los hombres de acuerdo a mis propios deseos y expectativas, suponía que el primer paso sería lograr el libre egreso de la institución de todos los que así lo desearan, con o sin Pase de Salida.

Como el movimiento parecía muy bien organizado y estaba apoyado, además, por buena parte del personal, listo para ir a la huelga en demanda de mejores salarios, no dudé de su éxito y con una inesperada tristeza empecé a empacar mis bártulos, tratando de poner únicamente lo más necesario en los bultos que armaba con las sábanas. En realidad no tenía adónde ir y empezaba a desconfiar del impulso que por orgullo o por inercia me ponía en movimiento hacia la salida.

Desde que había decidido quedarse en el Brasil, las cartas de mi hermano se espaciaban. En cambio, me enviaba de vez en cuando un coco o un ananá con algún viajero que se venía para aquí. Yo compartía las frutas con la enfermera jefe y eso me valía un trato preferencial.

De la Pochi lo único que veía en los últimos tiempos eran unas cartitas con muchas faltas de ortografía en las que prometía siempre venir al día siguiente. Ya habían pasado muchos días siguientes sin que llegara.

El movimiento contra el director suplente se había gestado en las mismas bases y el Presidente de la Comisión de Piso, reunido con los dos Representantes de las Salas Comunes, se había visto obligado a tomar urgentes medidas para no verse desbordado por el ímpetu de sus representados.

Con gran habilidad política, lograron mantener su autoridad haciéndose cargo de los reclamos. Redactaron un petitorio que incluía una severa crítica a la inconducta del director suplente y una larga lista de reivindicaciones y comenzaron a reunir las firmas de todos los enfermos. La monjita Manzanita formaba parte de la comitiva, como testigo de que cada uno de los internados firmaba por su propia voluntad y sin presiones.

Cuando por fin llegaron a mi pieza yo ya tenía todo preparado para irme y no pude esconder mi sorpresa (mi decepción) al leer la lista de reclamos. En primer lugar, faltaban muchísimos acentos. En segundo lugar, se referían en su mayor parte a la comida. En lugar de solicitar que se simplificaran o desaparecieran los complicados trámites que nos impedían salir al exterior, los internados pedían menos puré, más enfermeras, atención personalizada, reorganización de lavadero.

—¿Y de la tarjetita rosa, nada? —pregunté, esperanzado.

El Presidente y los Representantes se miraron con una sonrisa.

—¿Miedo ústed tiene? —dijo la monjita.

Pero nadie le prestó atención. El Representante de la Sala de Hombres suspiró como para sí mismo.

—¡Qué cosas tienen estos nuevos!

Me sentí un poco molesto, porque yo estaba lejos de considerarme un nuevo después de una internación tan larga, aunque debo reconocer que en comparación con ellos era apenas un recién llegado.

En resumen, me negué a firmar un petitorio que no incluía mi principal reclamo, que podía comprometerme si el movimiento fracasaba, y que no tenía el más elemental respeto por las reglas de la acentuación prosódica. El Presidente le echó la culpa a la máquina de escribir, que era importada y no tenía la tecla con el acento. Pero yo no quise escucharlo, porque siempre se los podrían haber agregado a mano.

Les dije que no contaran conmigo, deshice mis paquetes, y me instalé otra vez en mi pieza con un inexplicable alivio. Fue una acción poco solidaria pero que, a la larga, me trajo sus beneficios. Porque el movimiento perdió su razón de ser cuando, repuesto de su larga enfermedad, el director titular volvió a hacerse cargo de sus tareas y el director suplente se retiró sin escándalo.

A muchos de los firmantes del petitorio se les impuso, entonces, un régimen compuesto por puré, proteína líquida y vitaminas inyectables. Y aunque algunos médicos insistían en que se trataba de un nuevo método terapéutico que había dado grandes resultados en cinco países de Europa, entre los internados se corrió el rumor de que estaban siendo castigados.

Gracias a mi carta de recomendación yo obtuve, por fin, la audiencia para ver al director titular.

La oficina del director y yo somos viejos conocidos. Desde que tuve que rasquetearle todo el parquet para el electrocardiograma de esfuerzo, he aprendido a apreciar el humilde piso de mi propio cuarto (que con pasarle un trapo mojado basta y sobra). Es por eso que no me siento intimidado ante los carteles que prohíben el paso o lo restringen y recorro los pasillos sin detenerme hasta llegar a la puerta que dice Dirección, llevando contra mi pecho, como un escudo, la carta de recomendación, el formulario firmado por el doctor Goldfarb y mi foto de cuatro por cuatro semiperfil fondo negro. Los papeles están un poco ajados, un poco sucios, pero no han perdido sus poderes, que no dependen de su grado de blancura sino, todo lo contrario, de la negra nitidez de las letras.

Para impresionar —para impresionarme— con una demostración de confianza en mí mismo, entro sin golpear. Y me arrepiento inmediatamente. Porque he sorprendido al director en uno de esos actos que sólo nos gusta realizar en la más estricta intimidad y sé que no me perdonará fácilmente haberlo visto sacándose la cera del oído con la uña larga y afilada de su dedo meñique.

Por un segundo nos miramos en azorado silencio. Él se recobra antes que yo y me ruega, con una cortesía extremada, que me retire a la antesala y espere a ser introducido por su secretaria.

En la antesala me entretengo en contemplar el océano francamente proceloso que cuelga en forma de cuadro de una de las paredes y en calcular la edad de los provectos sillones Chesterfield, una tarea mucho más simple si contara con carbono catorce. Me pregunto si el director se desinfectará con alcohol la uña del meñique. En estos casos, la higiene puede prevenir una infección.

Me siento avergonzado por mi intrusión y estoy listo para soportar una espera muy larga. Y hasta para diferir la entrevista si fuere necesario. En realidad, casi deseo que lo sea. Total, ¿qué apuro hay? Justo hoy se largó el campeonato de truco de la temporada y con el chofer de la ambulancia hacemos una pareja que no nos para nadie.

Sin embargo cuando la secretaria se asoma y me hace pasar no han transcurrido más que unos minutos. La cara de la secretaria me resulta conocida. Yo, que soy muy fisonomista, en unos segundos la tengo ubicada: es la ex novia de un ex amigo, una chica a la que en su momento creo haberle gustado. Aunque debo estar muy cambiado, ella también parece reconocerme con simpatía y me siento feliz de contar con un aliado en esta circunstancia tan brava.

Para ablandarme —supongo yo— el director me tiene unos segundos parado delante de su escritorio mientras revisa con una concentración que me parece excesiva mi ficha y mi historia clínica. Después levanta la vista y me mira con severidad.

—¿Usted tiene parientes en la calle Loreto? —me pregunta, bruscamente.

—No. Bueno, no que yo sepa…

—No puede ser, si es el mismo apellido. Un matrimonio con cuatro hijas. Loreto casi llegando a Juan B. Justo.

Cuando estoy a punto de reiterar mi negativa, observo que la secretaria me hace frenéticas señas con la cabeza.

—Ah, sí, sí, claro, casi llegando a Juan B. Justo: son parientes lejanos.

—¿Ha visto, ha visto cómo yo no me equivoco? —dice el director, con inmensa satisfacción—. La segunda, Marina, es una preciosidad. Ya le va a llevar saludos míos cuando salga de aquí.

Repito para mí mismo esta última frase de sabor extraño, masticando suavemente las palabras hasta sacarles todo el jugo.

Ahora que he ingresado de algún modo en el círculo de sus conocidos, el director me considera casi con afecto. Su mano seca y delgada se extiende para estrechar la mía y hasta acepta recibir los papeles que he tratado inútilmente de entregarle desde que entré aquí. Sin mirarlos se los pasa a la secretaria que, para mi espanto, se dispone a colocarlos en un inmenso archivo.

—¡Pero qué hace! —intervengo, indignado.

—Un momento, señorita —dice el director, severo pero comprensivo, como aceptando que la rutina la haya llevado a cometer ese pequeño desliz—. Usted siempre tan apurada. El señor todavía no nos ha respondido al cuestionario.

Y saca de un cajón del escritorio un cuadernillo de muchas hojas impreso a mimeógrafo donde los signos de pregunta se destacan como patas de langosta.

—Supongo que no tiene inconvenientes en contestarme un par de preguntitas.

—Ningún inconveniente.

—Bueno, a ver, por ejemplo, ¿adónde piensa ir cuando salga del hospital?

El director lee la pregunta de la libretita y se la pasa a la secretaria, que con una birome en la mano espera atentamente mi respuesta. No me gusta el tono paternal de la pregunta. Menos todavía me gusta no tener una respuesta concreta. Me asombra que una pregunta impresa a mimeógrafo, que se debe formular a todos los internados que solicitan la tarjeta rosa, dé justo en la clave de mis problemas personales. Contesto de mal modo.

—Por ahora no sé.

La chica le hace un guiño al director (que le corresponde con una sonrisa), anota mi respuesta y le vuelve a pasar el cuadernito.

—¿Quiere tomar asiento? —me pregunta el director.

—Gracias —le digo, y me siento en la silla que está del otro lado del escritorio.

—¡No, no, no! Siempre pasa lo mismo. Usted me tiene que contestar sí o no, es una de las preguntas del cuestionario.

—Sí —le digo, poniéndome de pie y dando una patadita en el suelo de puro mal humor.

—¿Está nervioso?

—Sí, estoy nervioso, anótelo nomás —dirigiéndome a la secretaria.

—No, no, eso se lo pregunto yo por mi cuenta, no va anotado. Y dígame, ¿por qué quiere dejar el hospital?

Me saca de quicio ver al director y la secretaria pasándose constantemente el cuadernito de uno a otro. ¿Será posible que no tengan otro ejemplar? Es increíble lo mal provistos que están los hospitales.

—Por muchas razones.

—Enuméreme tres.

Es extraño, pero en este momento no puedo recordar ninguna. Siento la cabeza vacía como un lago desierto bajo el sol, en el que no se divisan las orillas, en el que no se ve ni siquiera la vela de un barquito. Me quedo mirando con la boca abierta a la secretaria, que espera con la birome en la mano y la sonrisa contenida. Creo que es el momento de hacer valer mis derechos de hombre libre y recurro a la indignación.

—¿Pero qué quiere decir, que si no le enumero tres razones...? ¿Y si recurro a la Justicia? Porque no lo quiero amenazar —agrego, en tono de amenaza— pero yo también tengo mis relaciones.

La secretaria deja de sonreírse y me mira con seriedad. Como si el brillo de mi indignación le molestara la vista, el director saca del bolsillo del saco un par de anteojos negros y se los pone. Me contesta con voz monocorde, como si estuviera aburrido de tener que repetir siempre lo mismo.

—Señor, usted puede irse cuando quiera. Este cuestionario se realiza simplemente con fines estadísticos. ¿Recuerda cuál fue mi primera pregunta?

—Si tenía adónde ir cuando...

—No. Mi primera pregunta fue si tenía inconvenientes en responder a este cuestionario. "Ningún inconveniente", dijo usted: acá lo tengo anotado.

Tranquilizado por las seguridades que me da el director, acepto seguir contestando. Las preguntas versan sobre los temas más dispares. Algunas se refieren al hospital, otras son de índole personal. Hay preguntas que investigan mi cultura general y no faltan los problemitas de ingenio. Me preguntan si tengo trabajo, si uso escarbadientes o desearía usarlos, cuál es la distancia de la Tierra a la Luna, si me llevo bien con los otros internados, cuáles son mis actividades socioculturales y deportivas, si ya tengo diagnóstico. Después de una hora de responder preguntas atrevidas, preguntas estúpidas, preguntas capciosas, preguntas mal formuladas, preguntas insidiosas y preguntas aburridas, me siento cansado, confuso y con dolor de cabeza.

Tengo ganas de volver a mi pieza y meterme en la cama. Por un momento me imagino en la calle, con mi atado de ropa, en medio de la gente que camina rápidamente sin mirarme, escuchando los bocinazos de los autos, respirando monóxido de carbono de los escapes de los colectivos.

—¿Le puedo hacer una pregunta yo? —interrumpo.

—No sé, no sé, hizo bien en preguntármelo. Tendría que fijarme en el reglamento. Señorita, por favor.

—Artículo 28, inciso b). Puede —contesta la secretaria.

—Diga nomás, señor.

—Supongamos que decida por el momento quedarme. Una mera suposición. ¿Puedo volver a solicitar la tarjetita rosa?

—¡Por supuesto! —contestan a coro el director y la secretaria.

Por fin parecen dejar de lado el aspecto burocrático de la cuestión y demostrar algún interés personal por mi caso.

—Usted puede volver a solicitarla en cualquier momento —dice el director.

—Cuando quiera —añade la secretaria.

—Es más; si usted decide quedarse (lo cual sería para nosotros un gran honor) podemos hacer algunas cosas por usted. Mejorarle el menú, por ejemplo. Señorita, por favor.

La secretaria rebusca en uno de los atestados cajones del escritorio y extrae una hoja de papel de hilo donde hay un menú escrito con tinta china en caracteres góticos. Me lo alarga. La lista incluye platos muy elaborados, como paella, lomo al champignon, suprema Maryland.

—Del otro lado está la lista de postres —indica la secretaria.

—También podríamos hablar con la enfermera jefe para que se le permita (y esto sí que es una excepción al reglamento) tomar una copita de vez en cuando. Nada fuerte: algún licorcito dulce, una cervecita —dice el director.

—Los postres son riquísimos —insiste la secretaria.

Siento que el impulso que me trajo hasta aquí me ha abandonado. Tengo hambre. Son las cuatro de la tarde y a esta hora la mucama entrará en mi pieza trayendo como todas las tardes un plato con cuatro galletitas de agua y jalea de membrillo. Se sorprenderá de no encontrarme. Como es una persona justa, repartirá equitativamente mis galletitas con jalea entre los platos de los otros internados. Quién sabe qué tipo de persona ocuparía mi habitación si yo me fuera. Me angustia imaginar mi cama acostumbrándose al peso de un nuevo jinete. Después de todo, es posible que decida quedarme unos días más. Solamente unos pocos días. Les comunico mi decisión.

—No olvidaremos ese gesto suyo —dice el director.

—Vamos a poder vernos seguido —dice la secretaria con una risita tímida.

—En todo caso, me alegro de haberlo conocido, señor director. Espero, de ahora en adelante, no tener que solicitar audiencia para verlo.

—¿Señor director? ¡Ah, claro! No, usted está confundido. Yo soy solamente el Presidente de la Cooperadora. Usted sabe, el director recién se ha recuperado de su enfermedad y sufre un gran dolor cada vez que uno de sus pacientes se quiere ir del hospital.

—Por eso le damos una manito con las audiencias y le pasamos solamente los casos irreversibles, irrecuperables —aclara la secretaria.

Estoy saliendo ya cuando la veo guardar en el archivo mi solicitud con la carta de recomendación y la fotografía adjunta.

Como todos los años, el personal de desinfección ha entrado en mi pieza para desalojar a las palomas y eliminar a los piojos consiguientes. En otras ocasiones me entretuve deambulando por el hospital, alguna vez fui invitado a la oficina del director y hubo incluso un año muy malo en el que tuve que pasar todo el día en la morgue, que es un lugar aburrido y muy frío.

Hoy me han conseguido una cama en la Sala de Hombres y me distraigo jugando un truquito con los muchachos. De paso pusimos a hervir la pava para hacernos unos mates.

Justo a la hora en que le toca repartir los caramelos en la Sala, Paquita la Culona, la enfermera más popular entre los internados, llega con un enfermo nuevo. Su cara de susto al entrar en la sala, y la forma ridícula en que frunce la nariz, nos hace una gracia enorme. Dos de los muchachos se ponen a discutir: cada uno de ellos pretende que sea su cama la que tendrá que hacer esta tarde el novato. Invocan razones como la antigüedad o la fuerza.

De pronto uno de nosotros hace una señal y todos nos ponemos a cantar más o menos al mismo tiempo una canción de bienvenida. El coro es desafinado pero alegre y, dentro de las posibilidades, demuestra un alto grado de organización:

El que entra en esta sala
ya no se quiere ir,
quedate con nosotros
que te vas a divertir.

Catéter por aquí,
y plasma por allá,
el que entra en esta sala
no sale nunca más.

Recordando mi propia y lamentable experiencia inicial, el hombre me da pena.

—No les haga caso —le grito—. Siempre hacen un poco de espamento cuando llega uno nuevo, pero son buena gente. Además, la letra de la canción es una broma: hay muchos que se curan. ¿Sabe jugar al truco?

—¡Quiero retruco! —se apura a contestarme el chofer de la ambulancia, que integra la pareja contraria.

—Quiero vale cuatro —le contesto yo, que soy solidario pero previsor, y tengo preparado el as de espadas.

Composición láser: Noemí Falcone

Esta edición de 3.000 ejemplares
se terminó de imprimir en
Indugraf S.A.,
Sánchez de Loria 2251, Bs.As.,
en el mes de agosto de 1996.

DATE DUE